我討厭你。

自初——著

目次 content

Chock.・最可惡的青梅竹馬！

「宋于絜，快出來玩！」

小巷弄的兩層套房鄰隔防火巷，二樓兩間房間的窗口正好相對，紙飛機隨著風飛進桌面，七、八歲的女孩子正坐在靠窗的位置，迎著陽光，低頭認真寫作業。

她對面的窗口，同歲的男孩子正無聊地拿剛摺好的紙飛機不斷往女孩子的窗口扔，很不氣餒地給對方的桌上扔了好幾個被揉成一團的紙。

紙飛機摺得不太平整，午後的風正吹向女孩的窗，氣流托著紙條，把它載進窗裡。

女孩子終於受不了了，她皺眉拿起紙飛機，看了一眼窗那邊的男孩子，對方正托著臉，大眼睛滿懷期待地眨呀眨，不耐煩的表情一下子軟化了一些，有點於心不忍。她打開紙飛機，蹙起眉心，才想抬頭打個大叉拒絕，就看一架紙飛機又飛進窗裡。

「妳就跟宋爸宋媽說，我找妳寫作業。」

她抬起眼，看窗那邊的男孩子動作誇張地手舞足蹈，兒童期的男孩身高還矮小，為了讓她看見，他乾脆整個人踩在椅子上，一隻手往窗外指指，一隻手又指指樓下，再指了指窗簾表示拉上，嘴型又大又誇張地重複比劃：我們從後門溜走！

到底還是孩子，宋于絜看了看窗外好得晴空萬里的天，又看了看手裡的作業，眼神動搖。抿了抿嘴，她才想在紙條上回話，後面就傳來開門聲，嚇得對面的男孩子立刻乖乖坐好，拉上了一半的窗簾。

「小絜，作業做得怎麼樣啦？」

梳著低馬尾的青年女人拿著杯牛奶開門走進房，溫柔地探頭詢問。宋于絜則連忙把小字條快速地藏進作業簿裡，嘴唇有點緊張地抿了抿，才開口回答：「作業差不多做完了，那個……何承熙，何承熙說他作業不會寫，問我能不能過去教他。」

指了指窗那邊正在賣力地拿著其實根本沒動過的作業、雙手合十、拚命對著這邊彎腰請求的男孩子，宋于絜心虛地眨了眨眼睛，看自家親媽愣了一下，然後露出了一種微妙且過分和藹的笑容。

「哎呀，那妳把牛奶喝了再過去，好好幫人家承熙——」

宋于絜一聽，一把就將牛奶接過來咕嚕咕嚕喝光，溫熱液體滑過喉嚨，她從桌子上抄起作業，順便把小字條一起夾走。「我喝完了，我現在就去！」然後急匆匆地往門外奔。

她身後的宋媽搖搖頭，笑得欣慰又微妙地碎碎念：「小孩子還那麼小就看對眼，哎呀真不錯……」

一路抓著作業簿往樓下小跑，宋于絜到隔壁家門口時還有點緊張地整理了一下被坐皺的裙子。這是她上次月考第一名的獎勵，粉紅色的及膝洋裝、荷葉邊和小花邊圓領，長頭髮大早上被週末休假在家的媽媽打扮成雙馬尾，但被剛剛跑得有點凌亂了。深吸口氣，她抬頭仰望，正想按門鈴，怪獸一樣「砰砰砰」的腳步聲就從門後狂奔而來，何承熙急匆匆地把門打開，把狀況外的何爸整得一愣。

「承熙？跑慢點……哎，于絜來啦？」

「爸爸，宋于絜來教我寫作業！」

急匆匆地跑到門口開門，他又急匆匆地拉著人上樓，宋于絜還沒來得及說上話，只好急急忙忙地一步三回頭，不忘要保持禮儀家教地招呼：「承、承熙爸爸好……！」然後就被拉上了樓。

還聽見後面何爸在喊他們小心慢點爬樓梯別摔倒，她回頭看了看何爸，又看了看前面蹦蹦跳跳的男孩子，眼神有點羨慕，心想爸爸好像都比較溫柔，但是他家裡媽媽也不怎麼管他，看他每天都這樣沒心沒肺、開開心心的，真好。

她被何承熙拉進房間，男孩子的積木模型堆了一地，進門還要開闢道路，膽戰心驚。到窗口的時候她看見媽媽還在房裡看，一下子又緊張起來。

何承熙捏捏她手腕，笑嘻嘻地立刻乖巧在窗前一鞠躬：「于絜媽媽好！」聲音清亮又清晰，響徹整個小巷。

宋媽的眼神看他比看宋于絜還溫柔，連忙點頭笑笑說好，轉身就離開了房間。宋于絜有點感慨，知道媽媽一直很喜歡何承熙，如果何承熙是她弟弟，她估計都沒有這些新衣服穿，肯定所有寵愛都要歸給何承熙——但是是鄰居兼世交的關係就不一樣了。只要是何承熙找她，她幾乎不需要別的理由，就可以從爸媽緊盯的作業和復習、預習時間抽身。

就算比起來，她的爸爸沒有那麼喜歡何承熙，也有一個還在幼稚園的妹妹何承萱可以出來擋擋槍，討討自家父母開心。

何承熙掩人耳目的手法很熟練，等宋媽出門，立刻把窗簾拉上，再把枕頭直立放在椅子上，用外套蓋上。出房門的時候還特地鎖上門、帶上鑰匙，他小心翼翼左看右看，小小的手拉著她的手腕，確認何爸在書房裡認真辦公後才溜到廚房後門，帶著宋于絜迎接戶外的風和陽光。

「怎麼樣，不錯吧？」眨眨眼睛，何承熙轉過頭看她，一臉求誇獎的表情。

「……你準備得這麼充分，怎麼不自己溜出來啊。」張了張嘴，宋于絜看著他，有點啞口。

「一個人出來很無聊欸，剛好我媽帶我妹出去打預防針了嘛。」何承熙聳聳肩，「我才不想留在那裡寫作業……欸宋于絜，快點，公園那邊新加了好多好玩的！」

七、八歲的男孩子本來就有用不完的活力，何承熙一鬆開手，宋于絜就幾乎要跟不上。

她急急忙忙地跟著對方的背影跑，到最後跟丟了，只好依據記憶的地圖尋找那個她其實不常有機會去的、家附近的公園。

小孩子的方向感不好，在還沒有智慧型手機的年代，她只能抓著裙邊，跑進死巷再慌慌張張地跑出來。也不知道自己到底跑了幾個地方，左看右看也沒找到人，她只好害怕地在路口大喊：「何承熙！」

前一天晚上才剛下過雨，柏油路不平的坑上還有幾個小水窪。宋于絜在路口焦急地想奔過去找路，沒顧到兩邊路口來車，被突然冒出來的機車嚇一跳，整個人摔了一跤，被濺起的汙水噴了一身。

本來還高高興興的心情一下子被委屈情緒充滿，她有點想哭，才拍拍裙擺想起來，就看見一隻手朝她伸出來。

「宋于絜，妳怎麼跑來這裡啊？」

她眨眨眼，抬頭看對方背光的身影一下子好像變成天使降臨，感激地拉住他的手借力站起身。

「謝……」

「噗……哈哈哈哈哈哈！宋于絜，妳的裙子怎麼回事啊？還有妳的臉，好像我家附近那隻髒兮兮的灰貓！」

道謝還來不及說出口，就被對方毫不掩飾的誇張笑聲打斷。她愣愣地看著被抽開的手，皺著眉頭低下去看，才發現自己的新裙子髒了，從汙濁的水坑倒映，可以隱約看見她的臉也被噴濺起來的水弄髒。

「你——」

「宋于絜！找死了妳、不寫作業偷跑出來！」

她皺起眉頭，抬眼正想大罵，就聽見從背後又傳來親媽的叫喚。

大難臨頭就在當下，她整個人僵住，咬緊嘴唇，委屈得眼角泛紅，眼淚就含在眼眶，眨眨就能掉下來，又被她倔強地忍住，要掉不掉的，看起來委屈巴巴。何承熙也僵住了，下意識就趕緊往前跨一步擋到她前面，他才張嘴想替她辯解，後面的女孩子就突然猛地拍了一下他的背，垂著頭用幾乎崩潰的聲音對著他喊：

「何承熙——你真的是……我全世界全宇宙最最最討厭的人！」

Chapter 1・太受歡迎也不是我的錯

「那個就是社長學姐嗎？好帥噢……」

「對對對就是那個學姐！好想加入熱舞社認識她，她好美又好帥！」

高一新生入學的第一堂社團課時間，新生還沒填表填選社團志願，學校特地給各大社團開了個小型的社團招生活動，讓每個表演性質的社團在禮堂表演和發言。

最熱鬧的包括但不限於康輔、吉他、熱舞、熱音之類的大社，其中在康輔社表演完後，緊鄰在後的熱舞社以整齊劃一的Hip Hop刀群舞炸場，引起台下學弟妹一陣尖叫驚呼。

為首領舞、高䠷修長的女孩子一頭齊耳短髮，鬆垮的黑色T恤遮不住好身材，清秀精緻的臉在上妝後，襯著碎髮和燈光陰影的變化與舞曲變換表情管裡，自信還帶有殺傷力，漂亮的臉帶上英氣，尤其吸引人——她動作俐落乾淨，就算幾次置換隊形，也仍然是一群黑衣舞者裡最醒目的一個。

領舞的短髮女孩幾乎從頭跳到尾，只有中間幾個性感或可愛風格的韓舞沒有參與。熱舞社表演結束後，她從中央領舞的位置正好接過麥克風，就站在舞台中央。

「——大家好，我是熱舞社社長、三班的宋于絜。」

表演剛結束，她緩了緩氣，嘴角的微笑禮貌還帶點疏離。低頭鞠了個躬，她環視了一下最靠近舞台的幾個眼冒星星的學妹，莞爾偏了下頭，半帶點目的性地再笑笑開口：

「歡迎大家加入熱舞社，和我一起學舞。」

還稍微喘著氣，但她依舊勾勾嘴角、拉起完美微笑，開口招攬台下不知道什麼時候已經聚集成烏壓壓一片的學弟妹們。一大片摻和尖叫的鼓掌聲則在她話音結束後襲來，宋于絜的話跟她本人的氣質一樣簡短俐落，毫不拖泥帶水，連看她鞠躬後轉身下台的身影，甚至有種她連腳步都扳正規律的錯覺。

她往後台走，順帶伸手接過朋友遞來的毛巾，隨後就在聽見前台響起社團介紹的同時，與揹著電吉他、高她半顆頭的男孩子在後台入口擦肩——

「謝謝熱舞社，下一個讓我們歡迎……熱音社的表演！」

鼓手和主唱走在最前面，電吉他和貝斯手排在隊伍最末。男孩子在和她擦肩而過時，有意無意地側頭瞥了她一眼，嘴角還保留剛剛和朋友談天說笑的弧度，然後像故意似的，在經過她時放大了笑容，眼神挑釁地微微抬了抬下巴——接著就抱著電吉他和調音器走上舞台，迎來不亞於剛剛的歡呼聲。

還沒來得及回給對方什麼表情就被整了這麼一齣，宋于絜眨了下眼睛，有點無奈地撇了下嘴角，把毛巾圍在脖子上，一邊擦擦汗，一邊挪步出門。

宋于絜可以從後台看見，當台下學生聽到何承熙演唱時眼神裡所透露出的驚豔，而且她甚至不需要仔細去聽，身後學生會幹部們窸窸窣窣的議論聲就這樣傳進她耳裡：

「哇噻，你看到了嗎？剛剛他們倆的火花……」

「我就說熱舞社跟熱音社的社長果然不合啦，熱音社長脾氣那麼好的人居然會主動挑釁！」

「拜託，你不覺得還有點那種……相愛相殺嗎？還挺好嗑。」

「欸欸不要嗑邪教，小心你怎麼死的都不知道！」

宋于絜在走出後台門後沒忍住偷偷翻了個大白眼。

拜託，相愛相殺個鬼，天知道他剛剛的眼神不過是在重複早上無聊又幼稚的戰書言論：「這次我們熱音社絕對爆滿，爆到多的才分去你們熱舞社！」

幼稚死了，幼稚鬼就算再怎麼道貌岸然，內心也還是一個超級幼稚鬼。宋于絜在心裡第一百次吐槽。

一邊無奈地在心裡反駁，偏偏又無從澄清這個不知道從哪時後開始冒出來的奇怪傳言，她聳聳肩放棄，繞過後台走到禮堂三樓遠看——舞台上，那個高高瘦瘦、濃眉大眼的男孩子本來就長得帥氣，揹著吉他的身影也變得更有吸引力。

她看著他很投入地半彎著身體垂頭看吉他，不時還抬頭跟下面的觀眾互動。手指快速滑動、Solo環節刻意炫技的橋段，他甩汗表演的樣子又引來一批小學妹尖叫，就算遠在三樓，她也能隱約聽見有人在喊他好帥。

這些觀眾變心還真快，也不知道是跳舞還是音樂更吸引人——或者應該問，他們兩個社長，誰更有吸引力？

雖然明明在早上時不屑一顧地和對方回應了「誰要跟你比」，她還是不免有點緊張，甚至評估起自己和他的歡呼聲誰更響亮。

一邊想到這裡，她就忍不住往欄杆邊靠，想用眼睛粗估觀眾的數量，接著就看表演結束後，男孩子和隊友們一起朝台下鞠躬，嘴角笑咧開來，跨步靠近主唱的立麥自我介紹：

「大家好！我是熱音社社長，二班的何承熙！希望對組樂團有興趣的人，一定要來加入我們熱音社——我絕對超有耐心，手把手教你彈電吉他！」

還手把手咧，油膩死了。宋于絜又在黑暗裡悄悄翻了個白眼，舞台下掌聲雷動，她又恍惚了一下，一時之間好像也感覺不出來誰的掌聲更大。

……好吧。她稍微有點懊悔，雖然明知道自己說不出口，還是開始認真考慮，是不是應該補一句自己也能手把手教學Hip Hop啊？

藏在口袋裡的手機發出震動，她才剛目送對方下到後台，立刻就收到提前宣布的勝利發言：「這次一定是我贏！」

她覺得有點好笑，挑挑眉頭，想了想給他回覆：「萬一是我贏怎麼辦？」

何承熙立刻回覆：「不可能，要是妳贏，我請一個禮拜飲料。」

「何爸何媽的錢就給你拿來賭啊？」

「反正我一定會贏，妳輸了就請我吃一個禮拜麥當勞。」

「還麥當勞，想挺美，我吃胖死你！」

LINE上互相傳的訊息永遠都幼稚得沒有一點道理，要是往前翻翻，甚至還能看見經常有那種互相洗版到999+的貼圖轟炸，何承熙信心滿滿地挑了挑眉頭按關螢幕，滿臉勝券在握的得意。

手機被收回制服西裝褲裡藏好，他彎下腰，在社團教室一邊繼續收拾器材，想了想，又猛地轉向剛剛擔任主唱的熱音副社長、好兄弟林江，並用力一拍他肩膀：「對了！宣傳海報！」

「……什麼海報、何承熙你有病啊突然嚇人？」還正背對對方整理設備，林江被他嚇得差點彈起來，回頭皺眉大罵。

「社團宣傳海報啊，最好貼滿公布欄，或者多發幾張去高一！」覺得自己想了個絕妙的新點子超越勁敵，何承熙眨眨眼睛，腦筋還在轉，想了想，還乾脆上手捏了捏自己的臉：「你看把我照片放海報怎麼樣？能不能吸引幾個學妹來？」

「神經病啊，你不會又跟宋于絜打賭了吧？」用看白痴的眼神白了他一眼，林江搖搖頭，「上次你跟人家賭輸化學期中考，零用錢全賭沒了，蹭了我一禮拜的零食，這次要是又輸別想我救你啊。」

「欸靠，幹嘛這麼無情，不就是為了我們招生更努力才要打賭嘛——」

因為家就住在隔壁，何承熙又被他親媽特意叮囑要多照顧青梅竹馬的宋于絜，讓他倆每天一起回家，他和宋于絜默認已經相見甚煩，在學校裡幾乎不碰面。加上每次兩個人幾乎都要多留一堂課的時間，他練琴、宋于絜複習，除了他們倆各自關係特別好的鐵兄弟，學校裡幾乎很少人知道他們其實關係如此緊密。

社團課時間結束後就是下課，非幹部人員大多已經在放學後紛紛離開，校車也早就開遠。熱舞社沒有什麼設備，宋于絜收拾完發了訊息，說在教室裡寫功課，順便等他。

下午六點鐘，天色半晚，初秋的日落把秋風熱烈的城市照成橙紅的暖色。何承熙拎著書包慢吞吞地走回教學樓，走上二樓，遠遠地就看見對方的身影。才想開口喊她，他往前走幾步，發現她前面還站了個男孩子背對自己，個頭比自己矮一點，站姿很乖，雙手還不自然地貼直在腿邊——好像直覺到氣氛微妙，他的聲音下意識就卡在喉嚨，快速躲進旁邊教室門邊偷看。

「學姐，那個……對不起，我知道很突然，我是想說、妳跳舞真的很好看……」

樣子乾淨清秀的男孩子吞吞吐吐地撓撓後腦勺，白襯衫還整整齊齊地紮在西裝褲裡，垂著腦袋，平直的短髮乖巧地垂在耳後。好像還忍不住要抬頭多看對方幾眼，又有點不好意思地低下來，他偷看的伎倆不高，耳根不知道是被夕陽照暖，還是因為害羞發紅。

揹著書包剛走出教室門的宋于絜愣了愣，眨了下眼睛，她也算經常應對這種情況，就很禮貌地偏頭莞爾笑笑。

「謝謝你的誇獎。」

對方的反應挺疏離，大概是也真感覺到了自己確實很突然，男孩子緊張地退了一步，連忙往身後指了指。「啊，我們教室剛好也在這層、我不是，我是……我不知道三班在這裡、不是，我不知道學姐在三班……」又很快想起來對方在今天台上介紹過自己的班級，他的聲音又頓了頓，結結巴巴地補充，「我是說，我今天才知道學姐在三班。」

被對方緊張兮兮的樣子逗樂，又不好直接笑出來，宋于絜憋了憋笑意，回給對方一個禮貌而親切的學姐式笑容，「沒事，你不用這麼緊張，也沒有很突然。」

因為自己的形象和性格，她其實很少被男生誇獎，有點意外，又被對方真誠可愛的反應打消了一點過於突然而產生的疏離，想了想，就又問：「你是，想加入熱舞社嗎？」

「對……對！我一直很想加入熱舞社。」愣愣地像個小白兔，男孩子忙不迭點點頭，好像急迫表達似的，「我是八班的陸子昱……希望可以搶到加入熱舞社的名額、可以跟學姐學到東西！」

啊，挺可愛的。宋于絜下意識眨眨眼睛，打量了一下對方——這年頭這麼乖的男孩子好少，眼前的說不定還是稀有種。

「熱舞社其實也沒那麼難搶，那我期待能在下週社團課見到你。」偏偏頭笑了一下，她抬抬下巴看了看那邊早被她發現很久，正在隔壁教室門邊、半躲著探出顆腦袋看好戲的何承熙，忍住了翻白眼的衝動，用微笑表情面對緊張兮兮的小學弟，「那我先走了，我們社團課見。」

「學、學姐再見！」

「再見。」

陸子昱還在後面繃著聲音，回過身，像升旗時對國旗敬禮一樣站得筆直地道別，宋于絜回頭，招手回了聲再見，轉頭走向滿臉八卦的竹馬，沒好氣地伸手往對方頭上拍，又被他熟稔地低頭躲過，嘻嘻哈哈地快了幾步往前走。

「還躲在這裡吃瓜——走了你。」

「哇噻，欸宋于絜，他跟妳表白啊？」

因為陸子昱說話的聲量不大，他沒靠太近，聽不太清，位置只能看見陸子昱的一點側臉，再從兩個人的表情和動作上猜測。何承熙一邊往校門口走，不時還往學弟的方向探看，再側頭看看她，感到太新奇，就忍不住開口調侃。

「太難得了吧宋于絜，居然會有男的喜歡妳——」

「閉嘴吧你！」

翻了個大白眼，宋于絜這次沒讓他躲過，伸手直往他後腦門打。「腦子裡都裝什麼亂七八糟的東西？人家是喜歡跳舞，想加入熱舞社——你就等著請我一個禮拜的飲料吧，何承熙。」

「欸很痛……屁咧，我才不會輸給妳。而且我看你們氣氛很怪，他才不像單純只想加入熱舞社。」吃痛地摀住後腦摸了摸，何承熙埋怨地側頭瞥她，「宋于絜妳力氣很大欸，還這麼暴力，人家遲早被妳的真面目嚇跑！」

「就算嚇跑也不甘你的事。」宋于絜懶得理他，看了他一眼就加快腳步往前走，「你作業寫了沒？別又想我把自修借你抄。」

「誰——不行，妳得借我，我這次物理真的不會！」

本來還想貧嘴回兩句，何承熙腦子一轉，一想到自己今天剩下的作業，連忙趕上去抓住她書包背帶，「還有國文，欸我英文也還沒寫！」

「誰理你啊，好不容易分組後跟你不同班，我才不要再給你抄作業！」

把背帶稍微用了點力氣扯開，宋于絜回頭吐舌扮了個鬼臉，又快速往前跑開。男孩子追著女孩子的方向跑，急急忙忙奔跑的背影被落日的餘暉拖長。

秋天的日落很快就落到地平線，日光隱沒山城，像青春的尾巴、消失太快，難以捉摸，又意猶未盡。

♡ ♡ ♡

為了報復何承熙一路損她被示好的這個仇，加上爸媽都還在忙、還沒回去，宋于絜打著串門的名號，搶先一步進門到竹馬家蹭晚餐，順便藉機打小報告，表明何承熙為了社團，已經遲交作業好幾次了。何承熙來不及攔住，哀號抗議無效，晚飯後就被勒令坐在房間裡乖乖寫作業，房門都被堵死，監督人是隔壁房間的親妹妹何承萱。

何承萱小他兩歲，長相身高遺傳媽媽多一點，個子嬌小、長相可愛，黑長髮又直又柔順，圓眼睛乖巧地垂在妹妹頭瀏海下，下順的眼尾又讓她在抬頭看人時無辜又無害——

「謝謝爸爸把要給媽媽的蛋糕分我一塊！」

「吃完蛋糕好好讀書，累了就休息啊，顧好身體更重要。」

遠遠地就從房門外聽見妹妹故意放大撒嬌的音量，以及爸爸溫哄的聲音，何承熙想，只有自己才知道，他這個妹妹看著是外人眼裡的天使，實際上根本是惡魔。

他酸得像檸檬，因為被投訴了一番，晚飯何爸買給何媽的禮物蛋糕他不僅完全蹭不到，原本屬於自己的那份甚至還被給了宋于絜——女人都是惡魔。他在心裡碎碎念，又不甘寂寞地回頭往門外喊：

「爸、媽——我也想吃蛋糕——」

「你吃個鬼，下次再被老師打電話告狀，你零用錢都直接沒收！」

反駁根本無效，何媽的聲音遠遠地從樓下傳上來打斷，他那學過聲樂的母親平時聲音細，真吼起來，嗓門比誰都有穿透力——何爸在門外笑得無奈，把房門打開了個小縫，輕著聲音對親兒子提點一番：「乖啊，寫完作業我幫你給你媽說話，聽話，乖乖把功課寫了啊。」然後關門離開。

何承熙看著被關上的門，忍不住鼓起嘴，有點埋怨家裡怎麼就妻管嚴，甚至想碎念他爸爸真不爭氣。

「何承熙——好好寫作業喔——」

「何承萱妳吵死了！」

忿忿地往外面喊了一句，何承熙乾脆戴起耳機隔絕聲音，回頭認真面對亂七八糟的英文作業本，然而才下筆寫了一點，歪七扭八的文字像外星文，又讓他皺著眉頭陷入苦思……腦子又開始放空，放學時那個疑似向宋于絜表白的學弟又在他腦海裡竄。

他那時候躲在隔壁班門後，探頭探了半天想聽他們說話內容，但又不好意思靠太近，最後只聽來了對方的名字和班級……他撓撓腦袋，突然有點煩躁。

他知道宋于絜在學校裡很受歡迎，從她國一剪了個短髮、性格變得自信起來後，宋于絜就沒有再遇過什麼社交困難，但一般都是一些比她小的學妹會喜歡她。她很要強，性格又直，像——對，就像男人婆，他從來沒看過有男生用那種表情接近她。

心情有點微妙。他抓了抓頭，頭髮被自己抓得亂七八糟也沒察覺，乾脆又放棄英文，拿起手機漫無目的地向同學打聽陸子昱。但訊息一問出去他又覺得自己奇怪，想了想後又很快自我說服：他和宋于絜是青梅竹馬嘛，他是怕她太笨，被奇怪的人接近又被騙……

想到這裡，他抬頭看了一眼門窗封緊的對樓。

光線從窗簾隱隱透出來，宋于絜不想理他的時候會把窗簾都拉緊，不給他喊她的機會。但何承熙當然自有妙招，隨手撕了一張被寫壞的數學筆記揉成紙團，開了窗就往對面精準地扔，砸在窗上，發出細微的聲音。

外面聽不太到，但他知道宋于絜一定能聽到。

意料之中，宋于絜沒理他，裝死一樣地動也沒動，對窗的窗簾還是被封得很緊。不能出太大聲音驚動到正在緊盯著他的家人，他抿抿嘴巴，想了想，乾脆隨手拿起桌面的橡皮擦，稍微使了力往對窗扔——

「咚」一聲，橡皮從玻璃上彈開，但還是發出實體碰撞的聲響，像石頭砸上窗。本來一點不想搭理對窗幼稚鬼的宋于絜被他嚇了一跳，差點從座位上彈起來，氣得拉開窗簾，差點就要破口大罵。

然而就在開窗張口的一瞬，手機通知聲適時響起，讓宋于絜拉回理智——她看了看那邊雙手合十哀求她不要說話、就差沒跪下來、看上去可憐巴巴的男孩子，竄上腦門的火莫名又熄滅。男孩子真的既簡單又奇怪，前不久還口口聲聲罵她叛徒混蛋，說要老死不相往來地自己先拉上窗簾，現在無聊了，又能立刻拉下臉皮賣乖。

她搖搖頭，好氣又好笑地滑開手機：

「欸宋于絜，妳在幹嘛啊？」

「宋于絜妳想吃冰嗎？我真的好想吃冰！」

「哇靠這個英文作業也太難了吧，都是什麼外星文啊？」

「宋于絜，看在認識十七年的份上，求妳借我抄！」

「我跟妳說啊，原諒妳害我被關房間了，妳快開窗，但是別說話，我們偷溜出去小七買冰棒，我請客！」

「求妳了宋于絜——大姐——我真的要被悶死了——」

何承熙向來是訊息轟炸王，有時候很像求關注的小狗，只要她沒即時回應，就會收到他叮咚的通知。她一打開對方的聊天窗口，請勿打擾的模式解除，屬於對方發來的一長串訊息就劈哩啪啦地全彈出來，滿滿當當地刷了兩個螢幕，一眼看過去，像自說自話的表演一樣，掃下去更發現內容幾乎毫無重點。

太能說了吧？她無奈扯扯嘴角，先回了一句「你好吵」，然後再問他：「你不是被關住了嗎？要怎麼出來啊？」

看見這句問話，對窗那邊的人立刻探出了半顆腦袋往她方向直勾勾地盯，左右挑了挑眉頭，笑得狡猾又得意。

宋于絜狐疑地看了看他表情，又看了看手機裡她剛傳來的消息──「妳看了就知道。」然後再看過去，就見到他已經四肢並用地打開了房裡的窗，跨出腿，踏出窗口來到窗台上。

她還來不及驚呼危險，就看他穿上不知道什麼時候就已經放在窗台的球鞋，小心翼翼地挪到隔壁車庫稍矮的屋頂、冷氣台……她下意識緊張得呼吸都變慢，然後一眨眼，「砰」的一聲，在大概只剩不到半層樓時，看他動作俐落地跳到了地面上。

抬起頭揚揚下巴，何承熙輕巧落地後眨眨眼往上看，用口型配合氣音，雙手做了擴音器樣子地喊她：「快出來！」

夜晚的光線不亮，但宋于絜不用特地看也能猜出來，現在的何承熙一定是一臉驕傲得意的模樣，正擺著一臉求誇獎的表情催她。

登時又覺得自己實在不太想理他，甚至只想翻個白眼放任他自生自滅。但是她低頭一想，對方話說到這裡，甚至連牆都翻了──

唉，好吧，好兄弟做到底。她只好起身離開書桌，本來要直接下樓，想了一下，又折返回去，把自修下面壓著的英語題本拿出來。

她走下樓時，她老爸正在客廳收拾外賣殘骸，聽見下樓的腳步聲時回頭看了她一眼。

「去哪裡啊，小絜？」

心裡鬆口氣，她瞅著表情溫和的爸爸，慶幸她老媽最近在學校忙著開會做教案晚回來，不然經過之前的欺騙事件，每次她想出門時只要碰見媽媽，就不可能這麼容易得逞。

「啊，我看書看得有點餓，家裡零食沒了，我想出去買一點。」對付爸爸最好還是別提到何承熙，宋于絜改了個口，把「給何承熙輔導作業」這個說辭給全部刪掉，隨口胡謅時順便晃了晃手裡的英語題本，像假裝自己不小心隨手帶下來，還很貼心地接著詢問：「爸，你有沒有要什麼，我幫你買？」

「不用了，我剛吃飽，知道妳有心，快去快回就好。」鏡片下的眼睛為笑得溫柔和藹，宋爸收拾好經過她身邊時笑笑拍了下她腦袋，又接著道：「妳上次暑期模擬考物理退步了啊，回來記得把題目訂正檢討一下給我看看。」

本來還想感動一下還是爸爸好爸爸溫柔，宋于絜背後半句話噎了噎，又感覺意料之中地垂了垂眼睛。

「知道了，爸。」

聳聳肩，她沒有洩漏一絲一毫的情緒，點點頭，很乖巧地朝人笑了一下，才出門往外走，有點莫名的窒息和壓迫——等繞到後巷時，她已經看見何承熙不耐煩地在巷口盯著她的方向等。

心裡忍不住又覺得羨慕，她知道，雖然何爸爸何媽媽說是把他暫時禁足了，可實際上很快就會心軟放行——他最擅長裝無辜賣可憐了。就算是爬窗偷溜這種事被發現，也最多是被罰一星期的零用錢就作罷。

「何承熙，你是猴子啊，那樣爬下來？」翻了個白眼，一邊朝人走一邊吐槽，宋于絜沒好氣地把題本甩他手上，抬頭從巷口看了看他大敞的窗——肯定會有很多蚊子飛進去，他連窗都不記得要關好，永遠都這麼粗心大意。

「你這樣要怎麼爬回去啊？」

「原路爬回去啊，也不是很高，我上次爬過。」

自信滿滿地抬抬眉，何承熙順著她目光瞅了眼自己的房間，聳了聳肩，就急急忙忙抓著她手腕往外跑：「欸快點快點，不要浪費時間。妳也太久才出來了吧，我站在這邊等妳，蚊子都快把我咬死了，要是再久一點就要被我妹發現了，妳都不知道她剛剛多機車……」

宋于絜被他拉著走，手腕傳來的溫度炙熱，力道不輕不重，但讓人無法掙脫。何承熙是籃球隊的前鋒，體育不比她差，兩個人以前還會比誰短跑秒數更少，比來比去，最後一起被抓進運動會短跑項目和接力賽……但男生比起來還是有優勢得多，每次她在這方面還是不免會輸給他。

♡　♡　♡

他們好像越長越大，宋于絜就越覺得何承熙總是跑得好快，每次被他抓著手往前，就會讓她感覺自己好像要跌倒。

他的背影好像在重疊。她想起來，小的時候他也是這樣。

「宋于絜，快出來，我帶妳去吃冰淇淋！」

兩家人好像很早以前就住在隔壁，宋于絜從有記憶起就認識何承熙——在每個爸媽不在又勒令她要待在房間乖乖學習的午後，何承熙都會像現在這樣，拿奇奇怪怪的東西砸她的窗，然後把她喊出門。

爸媽對她期望很高，從成績到修養，她很少能有放鬆玩樂的時候。渴望被認同，卻又怕辜負父母的期望，也不敢讓自己放鬆。

但何承熙和她不一樣。他會肆無忌憚地到處闖禍，在學校裡揪哪個女孩子的辮子被抓、或是偷偷跟同學點了校門外的飲料被發現……一般這種闖的禍稍微大型一點的，他都會慫恿地把她帶上，然後等到被抓包，再灰溜溜地摸摸鼻子站出來扛起責任，跟她的父母說都是他鼓吹……但很神奇的是，她的父母居然也真的對她苛責得少一點，甚至要比她自己偷懶時挨的罵要來得輕。

對她來說，何承熙大概是她苦悶的童年裡，唯一的喘息時間。

那時候他還沒有像現在比她高半顆頭，拽她的力量還不會控制。傻楞楞的背影就刻在她記憶裡，一急起性子就要不管不顧地拉著她走，還要伴隨他匆匆忙忙又絮絮叨叨的碎念：

「妳終於出來啦！欸，宋于絜我跟妳說啊，公園那邊開了一個超——級好吃的冰淇淋！爸爸上次帶我和媽媽一起去的，而且有超多口味，嘿嘿，他們都出門了，給了我五十塊零用錢，我可以請妳吃一球，我們一人一個……」

「……何承熙，你拉得我手好痛！」

何承熙從小就是個好動的話癆，她費了好大力氣才喊出聲打斷眼前人的叨念。那時候還留著長頭髮，她頭髮都被迫跑亂，很委屈地甩開他的手，轉了轉發紅的手腕，埋怨地瞪著人撇嘴。

小男孩當時只是愣愣地眨巴了下眼睛，然後低頭道歉，撓撓頭，笑得很誠懇的樣子，卻說：「下次不會了！對不起啊，欸，上次我拉我妹妹的手，她也說很痛，還害我被我媽罵了。妳們女生怎麼都這麼脆弱啊？」

……完全沒有改變的直男癌。

宋于絜嘆一口氣，回憶到這裡，只覺得無奈又好笑，但沒再像以前那樣毫不留情地甩開，只是一邊跟著他跑，一邊動了動手想掙脫，在他身後出聲。

「別拉我跑這麼快！何承熙，我有腿。」

「那還不是怕妳跟不上啊。」回頭瞅了她一眼就把手鬆開，何承熙本來沒再打算說話，但點子不請自來。眼珠子轉溜，他突然狡詰地勾了勾嘴角，然後拉下臉皮扮了個大鬼臉，再拔了腿地往便利商店的方向猛地加速狂奔——

「誰叫妳跑得比我慢——哈！短腿宋于絜！」

「短腿個屁……何承熙你站住！你別想我英文借你抄了！」

英文題本從手裡被扔飛出來，「啪」一聲拍在對方的後腦勺上，又響又清晰。宋于絜被對方的激將法成功激怒，氣呼呼地拔腿就追著他要打，手裡的課本下意識地就丟了出去——但等真的中招，她又回過神來稍稍冷靜，有點驚覺：會不會下手太重？

然而才這麼想，她前面的男孩子就停下來摸了摸被打到的後腦勺，然後彎腰撿起她扔出去的英文題本，回頭朝她露出更欠揍的笑容：

「嘿嘿……那我就謝謝妳的英文啦，宋于絜！」

宋于絜登時覺得自己擔心他的行為簡直有夠白癡，於是受不了地站在原地翻了個白眼。「何承熙，我看你那些學妹要是知道你這麼欠揍會不會全部退社！」

「妳那些學妹要是知道妳這麼兇也肯定全部退社好不好。」看她沒有追上來，他也慢下奔跑動作，回頭朝她眨眨眼睛。「包括今天那個學弟——哎喲，宋于絜，受歡迎也不是我的錯，妳不要太嫉妒我！」

宋于絜此時此刻想，每次覺得他話多其實也蠻可愛的自己，真的才是永遠學不會吃一塹長一智的白痴。

Chapter 2 · 好朋友也會有占有欲？

「這次段考第一名還是我們于絜。」

國中時候，每次段考成績公布都是宋于絜最緊張的時刻。

「于絜這次還是全校第八，又比上次進步兩名。每次課後，于絜還會來找老師問題，是我們班最認真的同學，大家要像于絜一樣認真讀書、努力上進。」

老師還在講台上滔滔不絕地誇她，她一邊離開座位走上講台，卻只覺得緊繃和不安。有成績的因素，也有些別的因素……但撇開那些，總的來說，這次她確實進步了一點，這也讓她稍稍緩口氣。

至少這次回家被檢討的部分應該會少一點吧，她想。

除了班級排名要第一，還有校排名、總成績評比、單科目的成績進退步，再到每個題目的算式檢討——她的父母希望她考上最好的高中，每次考試成績都盯得緊。其實她的爸爸媽媽很溫柔，不太苛責她，只是會很擔心，甚至會為她空出工作時間輔導作業，討論她的成績該上升多少才能考上附近最好的公立高中……

她不想讓她的父母失望，她也想……也想成為父母的的驕傲。

「恭喜啊宋于絜——妳又拿第一名啦？」

眨眨眼睛看從講台領成績單下來的青梅，何承熙靠在窗邊托腮看著她，眼裡寫著大大的羨慕嫉妒恨五個字，癟著嘴，表情很委屈，但還是表達祝福：「而且妳這次校排還進步了……這次宋爸宋媽肯定不會念妳，只有我要完蛋了。」

「也不一定。」聳聳肩，宋于絜在他隔壁桌落坐，表情還是有點忐忑，連調侃對方的心情都沒有，腦子裡還心心念念手裡剛出爐的成績單叨念，「這次我數學錯了好幾題不該錯的，回去可能還要檢討……還有英文成績排名退了，可能還是要被念，都怪我粗心，沒考好。」

有點喪氣地撇下嘴角，她兩鬢的頭髮遮蓋住一點表情，長頭髮紮成馬尾垂在頸邊，制服也整整齊齊地紮好在腰間——十足十的好學生打扮，和她旁邊襯衫衣角都露出大半的人完全不像一個樣。

「何承熙，上來領成績單，這次怎麼還退步了！都要模擬考了還不好好收心！」

看她憂心忡忡的，何承熙本來張了張嘴，還想安慰兩句，下一秒就輪到他被叫上去領成績單。因為前幾天看漫畫還被抓包，他一上台就被班導師劈頭蓋臉罵了一頓，碎念了好半天不要辜負父母期望、辜負師長期望……他全當耳邊風，但還是一邊裝乖巧地扳正身板、鞠躬哈腰說「老師對不起」，表情誠懇、語氣真誠，誇張的聲音還引得班上同學憋出笑聲，差點又讓他再被老師拿木板打一頓。

事實上他在家已經被家法伺候過了。知道他臨期末考前還在學校自修課偷看漫畫被抓後，向來不反對他看漫畫小說的親媽冷笑地直接把他整櫃漫畫沒收，全扔進紙箱鎖進了倉庫裡，說要等到放假才能還。而且他這次成績退步，估計時間還得往後延……

本來還指望宋于絜成績倒退，他還能拽著她下水一起苦情賣賣可憐，現在她反而還考好了，那自己回家鐵定還要被念一頓，直接完蛋！

心裡光為了自己的漫畫就苦不堪言，他好不容易做完戲被老師放過，回過頭還想找宋于絜抱怨，就看她整個人垂著腦袋，表情好像不太對，整個人的氛圍比剛剛還要喪。

「怎麼啦？」坐下前用手肘頂了頂對方肩膀才落座，何承熙側過頭，抬眼先瞥了眼台上的班導師。他把手盤在桌面，臉貼手臂呈趴下的姿勢側湊過去，先最大程度地降低自己的存在感，再壓著氣音小聲和她說話：「題目錯了就下次注意就好了啊，別因為這個一直悶悶不樂，拜託，妳第一名欸妳。」

宋于絜聽了他的話，先是搖搖頭，然後低頭看他，再聳聳肩笑了下說沒事，就沒再說話。他只好有點莫名地應了一聲，下課鈴響時，只見她一聲不吭離開座位，不知道去了哪裡。

兄弟們老說女生說沒事就是有事——他不太懂這個理，覺得矯情又無聊，但知道宋于絜向來喜歡逞強，什麼事都往肚裡吞。本來想著還是等一下再問問，或者買個冰棒回來冰鎮一下或許能讓她開心點，他就聽見身後傳來女孩子們嘰嘰喳喳的討論聲：

「很假欸她，考第一名還要擺臉色，擺給誰看啊？」

「擺給老師看吧，不是喜歡在老師面前裝嗎她？」

「說不定是擺給哪個男生看喔，她不就喜歡那樣裝可憐給男的看……」

「不就成績好嘛，就在那邊裝清高，呿，成績好了不起啊？」

……很少直面地聽見班上女生對宋于絜的惡意和批評，何承熙雖然多少有耳聞，宋于絜不知道為什麼不太受班上大多女生的喜歡，但一直覺得沒什麼大不了——可能因為在乎形象，她們在自己面前通常會收斂一點。

因為他現在的姿勢像趴著，懶得移動的關係，同樣的動作又維持了很久，後面那群女孩子大概以為他睡著了，才會這麼肆無忌憚地討論，內容直白又充滿惡意，這讓他有些詫異。

……女生真的好無聊。

皺皺眉，他一邊在心裡吐槽，一邊坐起來，不悅地回頭往聲音來源的方向瞪。

何承熙本來還想說什麼，但女孩子們收到他帶警告意味的目光後就訕訕地收了聲，三五個坐在一起的女生在意外和錯愕之中急忙作鳥獸散，互相搭摟著就離開了教室。

他沒想太多，以為事情會到此為止。直到幾天後體育課回來，宋于絜抽屜裡的書全被扯爛，包括她的筆記也全都亂七八糟地散落一地。

轉過頭，何承熙看著剛剛還和他打打鬧鬧的女孩子面色鐵青，整個人好像在發抖，眼角也憋得通紅。他幾乎可以想像她有多生氣，他自己也一下子氣不打一處來，開口就要發火——

「誰幹的？」

然後他就聽見了宋于絜因憤怒而放大的音量。

明明帶著哭腔，但還要瞪著眼睛，好像很兇狠，可實際上她的身影單薄得可憐，細微的顫抖也能看見……他有點愣住，還不知道該做什麼反應，就又聽見她哽著嗓子喊：「我說，誰幹的？」

教室裡沒人回答。老師還沒到，所有人都坐著，只有宋于絜孤零零地站在凌亂的課桌前發火，四面八方傳來眾人窸窣討論的聲音。

「說不定有狗跑進來啊。最近學校不是有流浪狗跑進來嘛，還不是有的人喔，喜歡當好人，上次還跑去餵流浪狗。」

「對嘛，誰知道是誰啊……說不定是什麼動物欸。」

「不就是桌子被弄亂嗎？自己整理一下就好了吧！」

「對啊，喊那麼大聲給誰聽？是希望男生幫自己出氣啊？綠茶婊啦哈哈！」

——本來以為要沉默到最後。寂靜被打破，何承熙聽見從後方那群剛剛議論的女生中傳來聲響，回過頭，就看其中一個女孩子盤著手坐在後面，完全一副肆無忌憚的模樣。火氣一下子立刻就上頭，他猛一拍桌，拉開椅子「砰」地就站了起來：「喂、我看妳們夠了——」

「是嗎？那我現在就去調監視器，看剛剛體育課誰回來了。」

還沒等何承熙說完話，宋于絜直直打斷了他，皮笑肉不笑地扯了扯嘴角，逕自走向發話的人。使力地握住對方手腕，她的眼眶瞪得都紅了，偏偏一滴眼淚也沒落下，只是氣勢洶洶地把人硬從座位上拽起，使勁就往教室外拉，「既然妳這麼熱心、這麼關心我，那好，我們現在就一起去看監視器。」

「……喂！妳瘋了吧，誰要、誰要跟妳去看監視器啊，妳放開我！」

那場鬧劇被硬生生鬧大。宋于絜是班上成績最好的學生，又是全年級排名在前的優等生，校方和老師當然都偏坦她，後來也調出監控，確實是那群女生所為。

何承熙還記得，教室裡兇狠又嗆辣的女孩子在解決事情的當天，在那個找不到人一起回家的放學後傍晚，在學校後門外的偏僻小巷裡，他看見了縮在巷角一邊、一抽一抽哭得委屈又脆弱的模樣。

何承熙原本在學校裡跑了一圈卻完全沒看到宋于絜的身影，要不是記得她經常在這裡偷偷把吃不完的便當餵給附近的流浪狗，也知道這種地方在這種時候估計沒什麼人來……摸摸鼻子，他站在巷口，有點尷尬，不知道自己該不該出現。

何承熙杵在原地，思考了半天也想不到該怎麼辦，他連聲音都不敢出，最後還是去附近便利商店買了杯熱奶茶，回來蹲到她面前湊了湊，想讓對方開心一點。

「喂，宋于絜，她們那種白癡，不用理她們啦。」

「……我才沒有理。」

腳踏車就停在一邊，宋于絜抱著雙腿，臉埋進膝蓋之間，整個人縮成小小的一團。熱奶茶貼在她臉頰邊，蹭得她忍不住皺起眉頭，宋于絜不耐煩地抬頭瞪向對方——又想起來自己現在哭得好難看，只好狼狽地又把頭埋回去。

何承熙沒說話，就在她旁邊坐下，難得安靜地沒有說煞風景的話，只是沉默陪伴，直到她收拾好心情站起來，夕陽早已落入地平線之後。

等她回家好像一種習慣，又像遊戲裡不能丟掉的每日任務。他花了好多時間，好不容易才找到人，要是隨便把她丟在這裡，回家一定會被爸媽罵，當然不能走掉……他又默默陪著女孩子起身，安靜地踏著日落的餘光啟程回家。

「何承熙，你說，我如果把頭髮剪短，是不是就不像狐狸精還是什麼綠茶婊了？」

回家的路上，宋于絜摸摸髮尾，不著邊地和他說的第一句話有點莫名其妙。

何承熙覺得奇怪，本來想直接吐槽她又發什麼病，但瞧她說話的表情又好像真的在認真思考

——路燈把他們兩人的背影拉得很長，他轉頭看她對著自己被照亮的臉，摸了摸下巴思考，好半天才笑嘻嘻地開口回應：「拜託，妳剪什麼都不像狐狸精啊。人家電視劇裡面的狐狸精是那種，貌美如花、沉魚落雁的，妳光臉就不像好嗎宋于絜，長髮短髮都沒差啦……」

「……我看你不會說話可以直接閉嘴，沒人會當你是啞巴！」

後來宋于絜隔天果然就把長頭髮剪短，齊耳的位置乾淨俐落，颯爽帥氣。

何承熙後來偶爾還是會有點惋惜，當初應該多勸兩句讓她把長髮留下——男孩子對馬尾和長髮總會有種莫名的執念，其實宋于絜臉蛋精緻，長頭髮披散時最好看……但看她剪短後反而更有自信，他只好把抱怨的話全吞回肚子裡。

如果剪頭髮可以讓她不用再受那種奇怪的委屈，他想，那也算還蠻值得的吧。

♡　♡　♡

「那，剛入社的新生現在自我介紹一下。」

開學第二週的社團課，熱音社位於禮堂樓上的大教室裡集結了這一屆的新生，作為副社長的林江坐在一邊，還頂著頭早上剛抓好、在校規邊緣徘徊的及耳短髮，坐靠窗位置的社長何承熙本人心不在焉地直往窗外瞟，林江見狀，只好無奈地先發話讓新生自我介紹，希望在指導老師來之前活絡一下氣氛。

然而那邊社長本人不知道在發什麼呆，幾個新生陸續報備了自己喜歡的樂器和位置，何承熙卻只有一搭沒一搭地點頭搖頭，眼神還不斷飄移，心思根本不在教室裡。

林江受不了地踢了踢人，再拚命以眼神暗示，甚至連手腳並用都無果，最後終於受不了，乾脆一腳踩上對方穿著球鞋的腳背——

「啊痛！」

整個人彈坐起來，何承熙被踩得吃痛大叫，一下子教室裡噤了聲，全都一臉錯愕地看他。

身為社長竟然出了這麼大的糗，學弟妹還全奇怪地盯著他看，何承熙眨眨眼睛，尷尬地笑了一下——眼下也沒辦法回頭對好兄弟發難，他咬咬牙，眼珠子一轉，乾脆地彎腰摀住肚子、大呼小叫起來：「啊我……我肚子好痛，我去趟廁所，各位不好意思啊！」

何承熙裝出一副痛苦的模樣，抱著肚子往門外跑，恰巧路過隔壁的熱舞社教室，何承熙彎下腰，把自己藏到教室窗下——然後慢吞吞地挪步過去，從門邊小心翼翼探出一顆腦袋偷窺。

因為學校的大型空教室少，熱音社教室的位置就在熱舞社旁，每次兩社的人只要靠近牆邊，還能聽見隔壁放音樂的聲音，聲音只要稍微大一點，甚至還會互相干擾。他們經常各自比較哪邊的聲音更大，一來二去，更坐實了他們兩社不合的傳言。

社團課剛開始都是新生自我介紹環節，他當然沒聽見隔壁的音樂聲，但因為一點聲音都聽不見，反而更加在意。

也不知道是不是因為宋于絜突如其來的桃花讓他太詫異，何承熙昨晚夢見之前還是長髮的宋于絜，大早上看見對方短髮模樣，又有點莫名惆悵起來。這不，他想起來今天是社團課，忍不住好奇她那個滿臉愛慕的小學弟不知道會不會進熱舞社？

好吧，他是很在意——但那也只是在乎自己青梅竹馬的未來男朋友會是什麼樣子罷了。

他小心翼翼往上探頭，從窗縫裡隱約瞧見正在空教室前面點名的宋于絜，又往台下看了看，果真看見小學弟就在下面。真搶到啦？他有點詫異，學校裡就屬他們兩個社團最搶手，如果人數滿了就只能靠抽籤，全憑運氣……越好奇越想看，他腦袋越來越往上探，但他個子高，站在門外太顯眼，一看有人疑惑地朝他方向望過來，只好又趕緊蹲下，滑稽地像個偷窺狂。

「你是……陸子昱對吧？我們上次見過。」

「對，是我……！學姐還記得我，真是太好了。我沒有舞蹈基礎，還要請學姐多多教我了……」

從門邊能聽見兩人說話聲音，他實在忍不住，又悄悄探頭上去。

陸子昱比他矮一點，跟宋于絜身高差不多，低頭撓腦袋的樣子乖得過分，耳根子好像還紅通通，講話更是結結巴巴。但兩個人氣氛還挺和諧。他想，宋于絜身邊確實很少出現自己以外的男生，何況還是以這種眼光——

他在外面撇嘴，心想這種看起來一點沒男子氣概的男生喜歡她又有什麼用，看起來一點也保護不了女孩子。雖然宋于絜不屬於普通女生，那畢竟也是他的好朋友……

「喂，大社長，你不回去在這幹嘛啊？」

林江從後面突然一拍他背脊把他拽起來，聲音不小，熱舞社的人都能聽見。

何承熙被好兄弟第二次出賣，尷尬得不行，社會性死亡現場無可避免，只得在兩個社團的目光間乾笑著站起來。

「哎喲我不是剛剛去上廁所嘛，就剛回來……」

「回來屁啊，我過來就看到你蹲在這偷窺——」

「喂！林江！」

連忙伸手摀住林江的嘴，阻止他繼續瞎說大實話，何承熙眨巴眼睛，在宋于絜看好戲的眼神中露出一個苦哈哈的笑容，一邊抓抓頭髮，一邊扯著林江快速撤退。「我這是在……刺探敵情，刺探敵情！」說完回頭瞪兄弟一眼，拔腿開溜。

這不完蛋，他完全能想像回家後會被宋于絜挖苦好半天。

回去還得好好應付新生，他進教室的時候老師已經來了。何承熙這次被看得緊，一點能分神的餘裕都沒有。直到下課，學弟妹趁課間大多都跑去福利社買零食，而他便虛脫地趴在桌上哀號。

林江從福利社買水回來，看對方一臉喪氣模樣，挑挑眉頭，饒有興致地把冰水扔過去砸到他手邊，又成功獲得熱音社社長的哀怨眼神。

「幹嘛，何承熙，剛剛那種架式……你暗戀宋于絜啊？」

「誰暗戀她啊？我哪可能看上她那種——男人婆！」

撇撇嘴說得很堅決，何承熙拿起水狠狠地擰開灌了一大口。「喂我說，你也太不給我面子了吧？那可是熱舞社欸，我是去看看我們未來的敵人資質怎麼樣……」他忍不住越講越心虛，在對方帶有質疑的目光裡噎了噎，張張嘴卻吐不出一個字，最後只好乾巴巴地往下接話，「順便看看那個喜歡宋于絜的學弟是圓還是扁。」

林江的眼神一下子變得微妙起來。他知道自己這話太引人遐想，又連忙加大音量為自己辯駁：「欸拜託，我不是暗戀她啊，你又不是不知道我爸媽多喜歡宋于絜！那萬一別人對她不好，她要是哭了，回家我又得挨罵。」

語氣很委屈，他癟癟嘴，又洩憤地喝了一大口水。

但他這話倒是沒說謊。除了隔壁宋爸宋媽很喜歡他外，他自家親爸媽也更喜歡宋于絜。

他爸媽都學音樂出身，大學時也玩過樂團，算得上音樂世家——小時候他和宋于絜一起去學琴，結果家裡那架三角鋼琴，老媽嫌他笨手笨腳不給他用，倒是很樂意給宋于絜和他妹妹用，偏心得要命。還有以前，只要宋于絜回來時哭了，不管是不是因為自己，他都得被訓斥一頓，說他必須保護女生云云啦……反正在他家裡，男孩子永遠地位最低下，包括他爸最後都得聽媽的。

不爭氣啊不爭氣。何承熙一邊給自己開脫，一邊扼腕。怎麼別人家裡重男輕女，到了他這就是重女輕男？

「但你那也想太遠了吧？人家都不一定喜歡那學弟，我看你現在比她爸還操心。」開口無情吐槽，林江看他滿臉愁容的樣子只忍不住地翻白眼，「操心到第一堂學弟妹來的社團課還心不在焉……欸何承熙，你今天那樣，不知道的還以為你喜歡人家宋于絜。」

「屁咧，我眼睛還沒瞎。」迅速一口否定，何承熙話說得狠絕，但轉念想想自己反應確實反常，下意識又轉成求助模式，起身把椅子翻轉過來，趴在椅背上把身體前傾，很有求知欲地看向林江，「我只是覺得……欸，林江，其實我也覺得很奇怪，就，突然有男的喜歡宋于絜，我覺得很怪，說不上來。」

他一邊苦惱又奇怪地抓抓頭，想起來很久以前，自己和宋于絜好像也不一直是這種互損的關係……從小，他爸爸總教他要保護女生，保護妹妹、保護青梅，而且小的時候，宋于絜長得又可愛，宋爸還經常給她買小洋裝，像個小公主，還挺惹人憐愛的，也激起了何承熙的保護欲。

他好像……呃，模糊的黑歷史裡，還在大人的調侃下信誓旦旦地說過長大要娶她。

……都是小時候不懂事！他搖搖頭努力晃掉可怕的記憶，渾身惡寒，連忙把這種疑慮打消：「可能是覺得白菜要被豬拱了吧？畢竟宋于絜也算我好朋友，之前何承萱班上有個男的要追她，我也覺得很不爽。」

何承熙聳聳肩，一邊自圓其說，一邊把宋于絜跟親妹妹拿出來試圖比對——好像差不多，挺像的，估計就是這樣！

林江看他自己找到答案也就不再多問，隨他聳了下肩膀，不置可否地揚揚眉，打算就這麼讓話題過去；但上課鐘鈴還沒響，幾個穿著熱舞社社服的人從教室外經過，他又見何承熙幾乎下意識地又轉頭過去探看兩眼，眼神還帶點警惕和懷疑——他覺得奇怪，總感受到一種說不上來的不對勁。

林江眨眨眼睛，他想了想，突然滿臉八卦地湊上前：

「欸何承熙，說真的，你跟宋于絜認識這麼久，難道就沒喜歡過人家啊？」

♡　♡　♡

「誰要喜歡他啊！」

與此同時，隔壁社舞社教室裡的宋于絜，也正被自己聞訊而來的好姊妹打探消息。

對方這次出的糗確實夠好笑，本來打算下課就發條LINE過去嘲笑對方的偷窺狂行徑，順便拿來當今晚兩家人聊天的談資，結果，宋于絜在樓下羽毛球社的好姊妹梁瑀蓁，卻循著新鮮八卦就跑了上來，還開口就問她跟青梅竹馬是不是八字要有一撇，甚至帶來了一套不知道哪來的相愛相殺狗血劇情。

宋于絜立刻知道這個八卦現在肯定已經傳得滿天飛，白眼也快翻到天上去，受不了地看著她這個之前同班時很要好、現在則因為對方被分到數理普通班而分隔兩地的好朋友，「拜託，我眼睛還沒瞎。」

梁瑀蓁坐在教室邊角的空椅抓著她對坐。紮著方便運動的高馬尾，她樣子清秀、個子中等，身上還帶剛運動完的汗水，看起來活潑又爽朗——結果一開口就把形象全部打破，活脫脫一個八卦得要命的傻大姐。一聽她這麼說，她立刻就不認同地用力搖了搖頭。

「眼睛沒瞎也能看上啊，欸，何承熙還是蠻帥的吧，至少在二年級裡面排得上前幾名；而且熱音社也就他看起來沒那麼……呃，非主流。」至少他們社團表演的時候，就他一個吉他手看著最順眼，其他頭髮抓得都像遊戲王的法老……她默默在心裡補充吐槽。

宋于絜則繼續舉例反駁。「我是說個性。何承熙有多幼稚欠揍妳又不是不知道——他上次借了我英文功課，在上面亂畫了好幾隻醜得要死的豬，還說是在畫我，氣死人了。」

要說何承熙帥，她當然不會反駁，但是……她無奈地扯扯嘴角，偏過一邊頭看著對方嘆氣，心想他的好皮囊估計大多源自於何爸的好基因……可惜人家何爸爸溫柔又斯文，他這些個性倒是一點也沒有遺傳。

雖然，他也不是完全沒有貼心和溫暖的特質。

但更何況，何承熙從以前就喜歡那種，可愛嬌小又有娃娃音、可以激起人保護欲的女孩子。

於是她說：「我們最多就是好朋友，我當然不可能喜歡他。」

發話時的語氣堅決，笑容完美，她開口重複回答，順便滑開手機，在訊息欄輸入發送嘲笑：「白痴偷窺狂！」

用今天的事情威脅對方請一杯奶茶，宋于絜在社團課下課後揹著書包準備去隔壁社團教室等人，倒很不巧，在教室側窗照進的夕陽餘暉下，她遠遠站在門外，一眼就瞅見何承熙被一個看起來挺乖的女孩子單獨叫住。

她刻意離得稍遠一點，像是和那個教室無關一樣，站在走廊，撐頰托著欄杆，隨意地半側著頭往裡看。

對方像是鼓起很大勇氣，長頭髮即使遮掩住一半臉龐，她也能猜出她現在的表情——這個場景她太熟悉了。何承熙從小就是發光體，最擅長招蜂引蝶，這種漫畫一樣的場面，她早就在他身上看過很多次——

「學長。其實……我是想說、我入學的時候有一次被學長幫忙，從那時候我就，一直很喜歡你……」

「啊。」何承熙揹著吉他正要離開，突然被攔住表白，整個人愣了一愣。他還以為對方留下來是有什麼社團的事情要問，被來這麼一齣，整個人都傻了。

好尷尬。他從餘光可以看見宋于絜就在外面等，雖然她裝作若無其事，但肯定在吃自己的瓜。

他撓撓頭，不好意思地朝小學妹笑了笑，「不好意思啊，嗯……我就，把妳當小學妹看啦，沒有別的想法。」想想還是覺得該直白點，免得徒生麻煩，他笑得禮貌，拒絕得也很直接，「但是還是謝謝妳喜歡我喔，以後在社團有事情也歡迎來找我！」

一邊招招手一邊回頭朝人笑，他揚開嘴角笑得爽朗，還故意放慢些腳步，直到學妹也給了個招手的回應，才拍拍宋于絜肩膀快步離開。

很直接果斷，雖然傷心，但倒也算得體。

一邊在心裡評價，宋于絜被從吃瓜狀態被呼喚回來。她的視線中，能看見女孩子站在夕陽的餘暉中，表情黯淡又失望——很知趣地先拍開何承熙的手，她跟上同行時還先裝作不認識，隔開好長一段距離。等到回頭幾次確認這個角度對方看不見後，才回到人旁邊並行。

拜託，她才不想跟這個桃花橫飛的男人傳緋聞。

「又禍害了一個學妹啊你，何承熙。」搖搖頭嘖嘖出聲，她轉頭打量了一下對方遺傳良好的側臉，好奇地追問：「欸，你之前是幫了人家什麼忙啊？」

何承熙本來還奇怪她幹什麼要突然特地避嫌地跑掉，被這麼一說也有點無措，連忙開口要反駁，講話都變得有點結巴：「我、我哪有禍害啊！」很無辜地癟了癟嘴，他聽她這麼問，才開始苦惱地皺著眉頭，努力循著對方的臉回想。

「就好像是……呃，我也有點不記得了，應該是她錢包掉了，剛開學她又不知道怎麼找，我就幫她問了一下，最後在教官那邊問到……我也不確定是不是這個她，還是上次校外看見有個學妹腳踏車鏈子掉了我幫了一下……？」

她看他苦苦回憶的樣子，明顯記憶都搜索不清，活像個到處撩妹的渣男——心裡有種難言的複雜情緒，她一邊聽，一邊漫不經心地回過頭看了眼落在地平線之後的太陽。

好像有好多故事總是發生在這種時間。

她回想起那時候在小巷裡，身邊的男孩子就那樣沉默又安靜地陪她，坐在夕落的小巷裡，整個難受燠熱的午後都陪在她身邊……其實，宋于絜那時候也曾經覺得他很溫暖，也有那些……好像只有她才知道的溫柔。

當然她很快就清楚，這些東西，不是只有她才知道。

何承熙就是這樣的人，看起來幼稚又白痴，其實對人很好，也很熱心腸，加上他長得好看、又有才華，從來就不缺女孩子喜歡。

說不定……連那個時候的事情，他也早就忘得差不多了吧。

想到這樣的他不只有自己能看見，她其實也忍不住有點嫉妒。明明和好友說自己絕對不可能喜歡何承熙，可是有沒有動過心——只有她自己知道。

「哎喲，變成大暖男了啊何承熙，難怪人家學妹還要特地進社團來跟你表白。」聽完對方有一句沒一句的破碎回想，宋于絜失笑地再搖搖頭調侃，揚起一邊眉毛，把自己沉思的表情收妥、安藏。

「到處亂放電，小心以後被投訴中央空調養魚！」

「我哪有啊，欸、我這是熱心助人好不好！對了宋于絜，我跟妳說，這次填熱音社的報名人數是五十五，我肯定贏妳——」

「贏我個屁，這次熱舞社是五十七！」

「靠！我不相信！不可能！」

男孩子氣急敗壞地在日落的街道上大呼小叫，還在心疼自己的錢包又要虧空，短髮的女孩就在背後涼涼地笑，把複雜的心思都掩埋掉。少年少女的影子被拉得很長，也把不為人知的祕密藏進影子裡。

明明想占有你所有的特別，但作為好朋友，又怎麼能有這種想法呢？

Chapter 3・我和你之間的差距

期中考在學校晚會表演前的準備和地獄出題中結束——宋于絜收到成績單後，表情異常慘淡，心情也亂七八糟。但緊鄰在考試後就是一長串的練習，還有最終的表演……連著熬了幾天大夜讀書讓人很疲憊，但她還得扛起社長的責任，在考核新生表演節目前再領頭帶練才行——

「學姐，妳沒事吧！」

她是很小的時候因緣際會下接觸舞蹈課，後來就一直很喜歡，跟父母爭取後一直學舞到現在。她的舞蹈老師以前就說過她是不要命的個性，不服輸，為了跳到完美經常過度練習，拚起命來就容易受傷——於是等回過神來的時候，她已經因為用力不當拐了腳。

地板太滑，她沒注意到，可能是上課前剛剛拖過地……宋于絜皺皺眉，心裡暗罵了自己一句蠢。人已經跌坐在地，腳踝腫脹發痛，她抬頭，就看見陸子昱急急忙忙地跑上前來，表情擔憂地伸出手要扶她。

「我沒事。」忍著痛，她笑笑搖搖頭，對那隻手猶豫了一下，最終還是撐著地面靠自己的力量站了起來。

扭傷的腳板觸碰地面時又不免痛得蹙了一下眉頭，她撐住旁邊的桌子站起身，對面前的陸子昱點點頭，怕他空著手尷尬，就輕拍了下那隻伸出來的手，再轉頭和社員們點頭道歉，「謝謝你，我休息一下就好了。只是抱歉啊——等等不能帶你們練習了。」

「沒事的社長，妳好好休息！」

「我們可以自己練！」

社團社員紛紛出聲為她應援，她感激地笑了笑，就順勢去旁邊坐下休息，到教室邊角找椅子的途中還一拐一拐。陸子昱被她拒絕攙扶也不惱，只是很擔心，手先默默地收回去，但目光又不忍不住擔憂地一路追隨，視線在她腳踝停留。

本來不想要自己的心意打擾對方，但又真心實意地擔心，只好在練習空檔來到宋于絜身邊，彎下腰再和她說話：「學姐，妳腳腫得有點嚴重，我帶妳去保健室吧？」

宋于絜正拿朋友從樓下販賣機買回來的冰水放在腳上冰敷，見到對方過來，有點訝異地眨了眨眼睛，「欸，我不用……」

「我知道學姐不想拖累社團進度。」難得地鼓起自己勇氣打斷，陸子昱蹲下身，在她身邊抬頭看她，目光真誠，「但是逞強的話會傷得更嚴重的，學姐，我陪妳去保健室擦擦藥再回來吧？」

他說話的聲音故意放輕，但為了讓她聽見，於是身體微微前傾，好像要維護她自尊心，不讓這句話被別人聽見。

她有點意外。頭一次被一個認識不久的人這麼直白戳破自己心事，心裡多少有點愣，但對方又確實沒說錯⋯⋯

於是她扯扯嘴角，無奈地偏頭笑一笑，「那好，學弟，麻煩你陪我去一下了。」

終於沒再被拒絕，陸子昱鬆口氣，正看著她的眼睛立刻亮了亮。本來想著應該要揹她才好，但他也知道兩個人關係還沒那麼好，想想也不好這麼做⋯⋯

他看著她站起來時腳步不穩，害怕唐突，手伸出去又縮了縮，猶豫又擔心地抿了抿唇。對方腳步每一次趔趄都讓他提心吊膽，怕她又要摔跤。

躊躇好半天，他還是在她不穩地扶牆出去開門前開了口：「妳這樣不好走路⋯⋯學姐，妳扶我的手走吧？」說著拍拍臂膀，怕對方尷尬，他又連忙補充，「到樓梯口就有把手了，就扶一小段！」

宋于絜稍微愣住，本來確實還有顧慮地想拒絕，但看對方真誠的樣子，又緊張又擔心的表情很是真誠，看起來像乖巧聽話的小狗，好像⋯⋯他顧慮得比自己還多。

有點可愛。她莞爾一笑，乾脆地伸手搭上他臂膀，兄弟一樣地拍了拍。「行！那謝謝你啦。」

社服還是夏天的黑色短袖，陸子昱很瘦，她手搭上去時好像能捏到骨頭，甚至感覺到在自己碰觸到陸子昱時，他一瞬間的緊繃。腳踝很痛，但好在還有個支撐點能讓宋于絜在需要使力時能靠一下，讓她不至於走得太過艱難。

宋于絜側頭看了看對方緊張的表情。他好像想看她，卻在餘光瞥到時又趕緊收回。

她想起何承熙之前信誓旦旦的話，忍不住也開始猜測，這個學弟……陸子昱，好像真的喜歡自己。

其實不是完全沒有這個念頭，她也不是傻瓜，就是不知道——為什麼？他們認識的時間很短，而且她沒有特別優秀，也沒有特別漂亮，更不是男孩子們喜歡的類型啊。

——在她走入樓梯口前，正從福利社和朋友們嘻嘻哈哈回來的何承熙，一抬頭，就眼尖地瞥見了不遠處並肩而行的身影。

女孩子就扶著男孩子的臂膀，偶爾朝他靠近，並行著一起走下樓，光看背影好像很親暱的樣子——他一眼就能認出那是誰。他們什麼時候關係這麼好的？

不是考差了心情不好嘛，他還特地給她買了瓶奶茶欸？結果居然在跟學弟談情說愛……他撇撇嘴，感覺心裡又莫名有股悶堵情緒，盯著看了幾秒，直到被朋友拍拍肩膀才轉身回教室。

……不管了，反正等等就放學了，到時候再問她吧。

宋于絜到了樓梯口就如願改扶把手，陸子昱走在她前面，小步小步地配合宋于絜的節奏前進，還不時擔心地回頭看她。兩個人用烏龜般的速度抵達保健室，宋于絜被校醫念了一頓，她有點不好意思地連連道歉和道謝，腳被繃帶紗布固定成一顆團子，更加動彈不得，只好又借助陸子昱的力量回教室。

小學弟很乖，但也太安靜，宋于絜原本想要自己回去，好擺脫這種尷尬的氛圍；然而校醫叮囑她盡量不要過度使用腳踝，她只好還是依靠著陸子昱的幫助上樓走回教室——這下距離貼近，就讓她更不習慣這種氣氛。

「子昱。」上課鐘鈴在回程前已經先響起，上課的校園裡一片安靜，只剩下一些社團活動的歡笑和音樂聲。她率先開口找話題，笑笑側頭瞅他，「為什麼會想來熱舞社啊？你很喜歡跳舞嗎？」

她知道他是真的沒有一點舞蹈基礎。第一次上課時動作笨拙，協調性也不好，但神奇的是，他幾週來進步飛速，可見下課後肯定花了很多時間認真練習。她也知道，對沒有肢體訓練基礎的人而言，短時間內能跳到種地步，一定是下了很多工夫。

陸子昱被她問得有點愣，本來腳步就慢，又緩了緩，要回答時有點猶豫地垂了垂眼睛，欲言又止，好半天才鼓起勇氣和她開口：「其實……我以前在校外，還沒入學的時候就看過學姐跳舞了。」

「校外？」

「對。」他側頭看向她，彎彎嘴角笑了一下，抬抬眼睛開始回想，表情還有點懷念，「那時候好像是和其他學校一起的聯合發表會？我剛考完會考，和朋友一起去看看。」

話音停了停，像回憶正到關鍵時刻，他頓了一會兒，才又繼續說下去。

「我還記得，到學姐上台的時候，我一眼就看見妳了……真的很耀眼，很漂亮。」

「……」宋于絜被他過於直白坦誠的話弄得有點耳熱，一時之間竟然不知道該回應他什麼。

而剛剛還坦承得毫無猶豫的男孩子一下子又突然害羞起來。「說起來有點好笑……我看著學姐跳舞的樣子，就……覺得很心動。」

空著的手摸了摸耳朵，陸子昱不太敢看她，於是別過眼睛傻笑，想了想，又覺得這句話應該看著她說，於是又正回眼光和她對視：「所以我是因為學姐，才……決定要學舞的。」

他還記得是在幾個月前的炎夏，朋友約他去看那場街舞發表——本來是因為正好有對方認識的人才一起去逛逛，他抬起頭，卻在人群中一眼就看見她。

那是他剛畢業不久、開學前的夏天。他本來還在跟朋友聊天，聽見主持人喊到了自己未來學校的名字，就好奇地抬頭去看——短髮的女孩子身材高䠷、樣貌清秀，每個動作都俐落乾淨，出挑的舞台魅力讓她看起來像在發光，直到表演結束，他的目光都忍不住一路追隨，心臟怦怦跳，悸動像煙火綻放。

可能一見鍾情就是這樣吧？他想，然後在心裡暗自笑了一下。

直到今天，能和她真的在一個社團裡，認識她、了解她……陸子昱覺得好滿足，有點像追星成功，但又不僅僅是那樣。

回過神來的時候，陸子昱一看對方正呆呆地望著自己，才反應過來他好像說得太露骨，忙不迭又開口接話：

「……學姐，妳、那個，妳不要有壓力，我只是，只是單方面地很欣賞學姐，沒有其他別的意思……學姐就當作我是一個普通的路人學弟就好了！」緊張到說話又開始結巴，他匆匆忙忙地來回擺動空著的那隻手。

宋于絜確實很意外，但也被他這種真誠逗笑。她很慢熟，不喜歡太突然的好感和喜歡，但難得地對他竟然沒有排斥感……她莞爾搖搖頭。

「沒事，應該是我很榮幸才對，畢竟我沒有那麼厲害。能讓你喜歡舞蹈，也算我的功勞。」

「學姐在我心目中就是最厲害的！」

下意識就立刻開口反駁，他話才出口，又發現自己好像太急，只好紅著一張臉，閉嘴噤聲。

宋于絜終於忍不住笑了出來。

她今天心情一直不好，難得有打從心底露出笑容的時候……陸子昱的真誠顯而易見，根本讓人討厭不起來，容易害羞的樣子也怪可愛的。好像小動物，她在腦中搜索了一番，很快鎖定目標。啊，對，就好像小狗一樣。

反正，說不定他也不是真正意義上的喜歡自己，只是一時的崇拜和嚮往吧？

「我知道了，總之謝謝你啦，子昱，今天也是。」

陸子昱把她一路扶著回到教室，到接近教室前，宋于絜怕自己跟陸子昱過度親密會引起別人議論，於是向他道謝後便鬆開了手，自己一拐一拐地往前走回去。陸子昱停在原地，看著宋于絜的背影忍不住想——從接觸以後，他慢慢發現到，學姐是個對自己要求極高的人，無論是內在修養或外在形象皆然；然而也彷彿所有心事都只會往心裡吞，就連受傷、疼痛的時候也會努力忍耐，不在大家面前表現。

很心疼，但又無能為力。

陸子昱知道自己現在還配不上她，還不足以接近她。看著她的身影默默地笑，再慢慢地從後面跟上，他在心裡補充完下半句話：

就算有那種想法，也會等到自己努力到能和她並肩，才會把心意完整且正式地告訴她……

在那之前，先維持能夠看著她的距離，就很好了。

♡ ♡ ♡

「——宋于絜？妳腳怎麼回事？」

本來還記著要興師問罪一下好朋友和學弟的發展，何承熙放學後氣勢洶洶地到熱舞社教室找人，就看見宋于絜右腳裹著一團紗布，和白色球鞋幾乎要融成一體，看起來慘不忍睹。

實在是太出乎意料了。何承熙瞪大眼睛，來回看了看對方的腳。

「不是吧？之前跑短跑訓練妳也沒傷成這樣啊。」

「不小心扭到的。」無奈地聳聳肩，宋于絜從椅子上搖搖晃晃地支撐著牆壁站立起來，苦哈哈地低頭看了眼自己的傷處，「看來今天要委屈你走慢點啦，好兄弟。」

原本想問的話一下子堵塞在喉間，何承熙摸摸鼻子，回頭看了看自己背上的吉他，來回衡量好半天後，只好垮下肩膀嘆了口氣。

「……妳等我一下。」

快步把電吉他揹回去在教室一隅安放好，他把側背書包轉掛上脖子在胸前掛好，吐好幾口氣，表情更無奈地走到她面前蹲下：「我揹妳回去。不然啊，妳現在這個大烏龜，慢吞吞的要走好久，等回去我都餓死了。」

「啊？」

很意外地愣愣眨眨眼睛，宋于絜有點心慌地環顧這時間人煙稀少的學校，「不、不好吧，你吉他就放這？要不然你先回去，我在後面慢慢走就行，反正我爸我媽估計也還沒回來……」

「欸拜託，我是社長，可以鎖門。」有點不耐煩地打斷對方一連串的拒絕，何承熙語氣強硬地回頭，還有點疑惑地對著她皺了皺眉。「以前又不是沒揹過妳，哪裡不好啊？還是妳以為我揹不動？雖然妳是吃胖了很多——但妳要是這樣回去，我肯定要被我爸媽罵一頓。快點上來！」

催促地往後招了招手，他一邊要關心，一邊還不忘要損人。宋于絜有點語塞地看了看自己——幸好社團課穿的都是運動褲，不用怕走光……

「誰吃胖啊，你才吃胖吧，笨蛋何承熙。」宋于絜揹好書包，游移不定地攀上他寬瘦的後背。

「我才沒胖。妳抱好了吧？我起來囉？」

感覺到有人的重量往背上靠，何承熙一邊吐槽回去，一邊把手伸到她的膝窩下方，並且小心翼翼地不碰到包紮處，使力起身站好。

……距離好近。

她在心裡腹誹，一時間忘了要和他鬥嘴，慢慢地把手搭上雙肩支撐，雙腿夾穩，下巴親暱地就擱在何承熙肩上。

好像以前也是這樣。她有點恍惚，但也確實有好久沒有被他揹過。

小的時候，她跌倒受傷了，也是他這樣揹著自己回家……只是那時候他還好小，現在背影已經變得好寬闊，貼近的感覺也和以前已經完全大不相同。

時間過得好快。

難道只有自己會在意嗎？她垂了垂眼睛，側頭看夕陽的光，再往前回看何承熙近在眼前的腦袋，心情又變得複雜起來。

「……幹嘛都不說話？」

本來還沒什麼太大心情起伏，見她突然安靜，何承熙莫名緊張起來。不會真因為自己說她胖就生氣了吧？他努努嘴嘆氣，心想女生好麻煩，無奈地轉過頭看她一眼，語氣稍稍放軟。「欸，今天那學弟是帶妳去保健室啊？」

宋于絜就貼在他背上，跟著他移動的速度顛簸，兩隻腿在面前晃動。說實話，她確實不重，一米七的身高好像不應該這麼輕，大腿抱起來也都是肌肉和骨頭……啊，也對，她好像連飲食都會自我管控，只有考了好成績才會放縱地去吃點炸雞漢堡，所以自己其實還欠她好幾頓說好要請的麥當勞。

心情微妙，何承熙本意沒有別的意思，只是想減少她腳踝的負重，但對方就近在耳邊的呼吸和體溫、好像隱隱還有沐浴乳的香氣……

他連忙晃晃頭回神把自己罵醒。在想什麼啊、宋于絜在他這裡又不是……一般女生！

「嗯。」默默地點點頭，宋于絜難得地也沒開口和他互嗆。「剛好是我帶他們那組跳的時候不小心扭到的，他就帶我去了。」

聽她自己解釋起來下午的事情，何承熙愣了一下，心情又莫名有點放鬆下來。

「喔。妳很笨欸，下次小心一點啦。」說著，她把人顛了顛往上揹好，不自覺地勾了下嘴角，在夕陽餘暉中偷偷露出笑容。「我看妳這樣……宋爸宋媽一定會心疼，回去應該就不容易被罵了吧？」

「……不知道，說不定吧。」聳聳肩，宋于絜聽他提起回家的事情，粉紅泡泡一下子打破，才想起來自己還有場腥風血雨要面對。

猜到對方一定又開始杞人憂天，何承熙倒是很自信地笑了起來，回頭還附贈一個信心滿滿的挑眉表情：「沒事，要是有事妳就 call 我，我去給妳解圍！」

「還解圍咧。笨蛋，你這次英文都沒及格，先想想自己回去會被怎麼罵吧！」

「喂，怎麼我幫妳還要被妳損啊！」

吵吵鬧鬧的氣氛又快速回籠，剛才短暫的尷尬和害羞彷彿已不復存在，回家的路程一下子莫名變短，何承熙到她家門口後把她小心地放下——送進去還是有點尷尬，剛剛的那點詭異氛圍還歷歷在目。他想她家裡還有爸媽在，應該不用再操心，就讓她自己小心，有事再和他聯繫。

然而宋于絜沒想到，這一回家，還有更大的難題在等她。

「哎喲，怎麼，長大了，回來了見到奶奶也不知道要打招呼了啊？」

本來就已經很鬱悶，心想這次自己考差，肯定會讓爸媽失望——更沒想到她一開門就見到奶奶坐在沙發上，還氣勢洶洶地盤著手，帶著滿滿來者不善的氣息。

她愣了愣，精神立刻緊繃起來。

回頭看看四周，玄關沒有其他鞋子、房子裡也安安靜靜的……爸媽應該都還在工作，還沒回來，難怪沒人告訴她奶奶來了。

「啊，奶奶！對不起對不起，我不知道奶奶妳來了……」

連忙把鞋脫掉，她把書包放到一邊，匆匆忙忙跟奶奶點了個頭當作鞠躬，再一瘸一拐地忍痛扶著周邊的家具，拉著拖鞋小跑進廚房，一邊還要頻頻回頭道歉，「對不起啊奶奶，我先去給妳泡茶，妳等一下！」

看對方立刻扳正樣子，宋奶奶不滿的表情這才稍稍收斂，對孫女明顯的腳傷倒視若無睹，從鼻間呼氣哼了哼，頭往旁邊一撇，碎念道：「這還差不多。」

宋于絜心裡稍鬆口氣，又感覺大難臨頭，心想今天怎麼還剛好發成績單？這次可能老天爺真要她完蛋。

她到廚房裡急忙地把奶奶愛喝的茶葉翻出來、倒水進茶壺裡煮開，她心情像倒進茶壺裡的水一樣，變得更加渾沌沉重。

在等待水煮開的時間裡翻開手機，她大概是想搬救兵，下意識地就點開何承熙的訊息框——想發點什麼，又突然有種莫名的猶豫，來回滑了滑，還沒下定決心，就被突然蹦出新訊息的窗口嚇一跳。

「回房間沒？宋爸宋媽有沒有念妳啊？」

——是何承熙先發了訊息。

嘟著嘴吁了口氣，何承熙的關心讓她有種熟悉的安心感。她彎彎嘴角，下意識扯了一點微笑在嘴邊。靠在牆邊等水燒開，她悄悄往客廳方向探了探頭，抿抿唇，想了又想，終於還是按動螢幕發出訊息。

「……爸媽還沒回來，我奶奶來了。何承熙，天要亡我。」

然後再全身脫力地往牆邊靠，幾乎要仰天長嘆。

這次的試卷是全校最刁鑽的數學老師出的，好多人滑鐵盧，連最擅長數學題的何承熙考得都不算太好，只能堪堪穩住前幾名的位子，但試卷上的成績紅字也沒多好看。而宋于絜連及格分都沒拿到，她的爸爸最擅長數理，又是工程師，她本來就想好，爸爸這次肯定會拿試卷和她徹夜長談……

但那都還好，她奶奶才是真正的麻煩人物。

她的媽媽身體一直不太好，和爸爸結婚十多年，明明感情和睦，卻只有她一個女兒，就是因為生完她以後身體損耗太大，爸爸擔心媽媽，才沒有再要孩子——這些事她小的時候不懂，只是偶爾在房門口聽爸媽討論過。

對於奶奶，她記憶裡的對方總是擺著嚴肅又苛刻的表情對自己上下審視，就連面對她媽媽也很少有好臉色，只有對爸爸和姑姑的時候會笑一笑。

她經常被奶奶挑錯，一直以為是自己不夠好才不被喜歡，直到她以前有一次放學回家時，見到奶奶對著她母親臉色難看地叨念：

「這麼久也生不出個兒子，舒皙啊，我們宋家不會要在妳這絕後吧？」

她才知道，原來奶奶是重男輕女，所以才一直不喜歡她。

爸爸和媽媽雖然對她嚴格，但不會打罵，只是很少誇讚，更多時候是擔心她的未來，擔憂她不夠好、不夠努力認真，將來會沒有競爭力……可奶奶不一樣。奶奶每次來，一定要先看她的各項成績，和聯絡簿裡的學校老師評語，甚至到她長大後，還要看體重和體態。

只要有一點不好，家裡今天就一定不得安寧，要罵母親沒有教好她，說話也不好聽，就算爸爸已經很努力勸解，也總很難消停。

——「我們宋家要妳這種什麼都做不好的女兒做什麼？」

——「考成這樣給我們家丟臉嗎？」

——「妳連兒子都生不出來，女兒也教不好了？」

宋于絜按按腦袋，那些話像惡夢一樣，讓她覺得很頭痛。熱水煮開的聲音從壺嘴高分貝地發出尖叫，好像讓她現在心情的抑鬱程度又更加深一層。何承熙還沒回覆，她又有點喪氣，但知道對方也幫不了她什麼，只好先給爸媽都發了訊息，通知他們奶奶來了，然後在流理台前緩了好幾口氣，才敢把泡好的茶端出去——

「哈囉！宋奶奶，妳來啦！」

宏亮清脆的聲音先入耳，她愣地眨眨眼，一抬頭，就看見何承熙制服難得套得整整齊齊、在門口站得挺直，笑容燦爛，看起來像個小太陽，又乖又禮貌。

「哎喲……這是承熙來了啊？讓奶奶看看，哎呀，又長大了啊……」

前去開門的宋奶奶這下連碎念她茶泡太久、沒去開門的時間都沒有，原本還嚴肅嫌棄的臉一下子滿溢笑容，和剛才完全不像一個人。宋于絜還有點不知道該怎麼反應，就看何承熙一邊親暱地回握住宋奶奶的手進門，一邊回頭對她眨眨眼睛使眼色。

「當然長大了啊，哎奶奶，妳覺不覺得我瘦了啊？」

「對啊，我們承熙怎麼瘦啦？是不是在家沒好好吃飯？」

「不是，奶奶，是這次考試太難啦——」

抱怨和撒嬌的表情信手拈來，生動的表情配上大眼睛，看起來活像條大型犬，賣慘的樣子無辜又可憐。

等何承熙把奶奶安置到沙發上後，宋于絜便被對方握住手腕、半扶半拉地帶過去，半強迫地讓她在沙發上坐下，大概是關心她傷勢的意思。她側過頭看著他，不禁有點發怔。

他手的熱度好像能從指尖傳遞，胸口又產生出莫名的情緒波動——嘴唇輕抿，她垂垂眼睛，手指都糾結不安地微動起來。

「太難了，我為了讀書都餓瘦了奶奶！而且奶奶妳看，宋于絜為了教我也跟著通宵好幾晚，整個人都餓瘦了！」

何承熙扯著她的手，可憐巴巴地癟著嘴，又唉聲嘆氣地抱怨，一邊還要用拇指捏捏她，提醒要配合演出。

宋于絜被他捏得有點彆扭。本來就不擅長賣慘裝可憐，面對奶奶又更不敢撒嬌——只好跟著低了低腦袋、點點頭，不安地避開奶奶的視線，語氣也跟著放軟。

她聲音弱弱地、乖巧地順著他看向她的眼神回應：「嗯，對……奶奶，這次考試，真的很難。」

宋奶奶聽人這麼一說，表情都心疼起來，只是對著心疼的人不是自家親孫女，反而是對著另一邊的何承熙道：「真的啊？哎呦，那下次考好就好、下次考好就好，奶奶帶了點補身體的，趕快把我們承熙補回來……唉，承熙呀，你要是我們家孩子該有多好啊……」

宋于絜有點愣忡，心情複雜地垂著頭苦笑。她都忘了，何承熙好像有種特殊魔力，不知道從什麼時候開始，不管是面對她爸媽還是誰，只要知道她可能會挨罵，就能無師自通地使出這麼一招。

他好像總是很討人喜歡，不管是自己身邊的誰，她想。從有記憶以來，爸媽很喜歡他，奶奶也喜歡他——雖然更多的原因是因為何承熙是「別人家的小孩」，但她有時候其實也會嫉妒和羨慕，心想就算不論性別，自己如果和他一樣開朗活潑又會社交，說不定從以前就不會遇到那種事情。

「欸，宋于絜，妳真換風格了啊？我想想啊，那妳之後不就打算走那種——御姐風？還是酷蓋風？唉好可惜，別的不說，妳那頭長髮還蠻好看的……」

「何承熙，你省省吧，別拿我去幻想你心目中的長髮女神。」

「誰要拿妳幻想啊！欸宋于絜，要不然我們來打賭——以後高中比賽誰最會裝，最會維持形象。誰要是輸了就——請客一年！」

腦海裡閃過那天剪完短髮後的後續，宋于絜記得，那天晚上，她從小到大第一次把頭髮剪得那麼短，其實有種莫名的不安，自己跑去公園的長椅上坐著摸了髮尾好久。

爸爸從小最寵她，喜歡給她買很多洋裝短裙，但可惜那些衣服因為跟她一頭短髮實在不搭調，也就被悄悄收進了櫃子深處。她其實很喜歡自己的長髮，只是害怕被品頭論足，也覺得自己以前那樣的形象太懦弱，所以下定決心，要從改變外表開始，來逼自己變得更強大。

只是她有時候也想不明白，何承熙到底是無心還是細心？

從他說那句話開始，好像自己就真的變成專注於和他的競賽上，忘了自己為什麼要辛苦維持完美表現。明明每天嫌自己嫌得要命，但放學時竟然主動揹她回家，還有……他一知道奶奶來了，又巴巴地跑來賣乖……

是來幫她解圍的吧？宋于絜舒了口氣，又突然想開。

就算自己再怎麼嫉妒何承熙，卻始終無法真正對他有所埋怨，或許這就是原因吧！他真的對自己很好很好呢。

「宋于絜，怎麼樣，我今天表現不錯吧？」

等到宋爸宋媽回來，自然而然留下了那賣乖的男孩子吃過晚餐才放人回家，宋于絜奉命送他出門，到了門口，看對方一臉要討誇的自豪表情，終於沒忍住笑出聲。

因為奶奶來了，她在飯桌上也要謹慎小心，直到現在和他對話，才終於讓她得以從家中那略微令人窒息的氣氛裡稍稍喘口氣。

「是是是，表現很好，今天謝謝你。」

「不用謝，下次記得請我吃雞排就好。」得寸進尺地揚眉調笑，何承熙得意洋洋地勾起嘴角，語氣又轉而變得柔軟：「欸，好啦，這樣等一下宋爸宋媽應該不會罰妳了。那妳的扭傷……」他視線往下打量到腫成了一大塊的腳踝。

宋于絜聳聳肩，「小問題，可能明天我爸會帶我去醫院看看啦。」偏頭笑了一下，宋于絜頓了頓，復又鄭重地看著他開口道：「再次感謝你——幫我免了今天的大災難！」

「哈！現在知道我有多好了吧？」誇不了幾句就要翹尾巴，何承熙想了想，又有點不太自在地補充：「所以說啊——妳這個白菜，要睜大眼睛，不要被什麼……什麼奇奇怪怪的人給拱了啊。」

她愣地抬頭看他。說話的男孩子語氣訕訕，表情在夜色下不太清明，似乎隱約還有點害羞的意思……她忍不住開始猜測，他會不會，有可能是吃醋——

「免得妳被豬騙了還要來找我哭。哎，小宋同學，挑人就要以我為標準，知道吧？」

語氣諄諄教誨，他像苦口婆心的長輩一樣，故意要裝模作樣裝老成，關心完還不忘要臭美兩句。在被對方罵之前，他趕緊吐舌扮了個鬼臉，笑嘻嘻地快速就往回跑：「我回去了！不要被豬拱了啊，宋于絜——！」

宋于絜立刻把那種想法收回，心想剛剛覺得氣氛曖昧的自己就像個大白痴，忍無可忍地再大大翻了個白眼。

「何承熙——你真的很幼稚！」

Chapter 4・是青春期的賀爾蒙躁動

「現在來公布這次晚會的過審名單。」

鄰近聖誕節的前兩週，各大表演類社團在校方和幹部的層層審核選拔中，預計挑出最後的上台名單。宋于絜作為社長，本來當然也有表演，但可惜她腳傷太嚴重，被醫生勒令至少一個月不能激烈運動，無奈之下只好把名額讓出——熱舞社畢竟人數多，四十個社員裡要選出兩團，競爭也算挺激烈。

她一邊公布團隊，一般在最後終審名單裡看見陸子昱的名字，在開口念出對方名字時抬頭對上目光，鼓勵地對他笑了一笑。

「——以上十四人，晚會的時候加油啊，你們彩排我也會盯著的。」

公布名單後就放行讓社員繼續去練習，再回到座位上盯進度，不時要暫停音樂，坐著也要嚴肅指導。直到下課鐘響，宋于絜看汗流浹背的陸子昱朝她走來，才稍微放鬆臉色，再抬頭對人笑笑。

「恭喜啊，子昱，你這幾個月真的進步很多。」

「要感謝學姐的指導。」陸子昱不好意思地撓了撓頭，「學姐，妳的傷還好嗎？」心裡到底還是很擔心，他想了想，乾脆走到對方椅子旁邊蹲下，好和她平視，這樣她就不用再辛苦抬頭。

「我的腳好多啦，最近可以走了，再過一個禮拜應該就可以跑了吧？」抬起腳笑笑地晃一晃，宋于絜想想，畢竟對方從一開始就很關心自己傷勢，本想著站起來轉一圈證明自己已經大好。然而才撐著把手準備起身，又被他急急忙忙輕壓下肩膀制止：

「哎，學姐妳別亂動，要是更嚴重怎麼辦？」

看他緊張得眉頭都蹙起來，好像很害怕的樣子，宋于絜莞爾失笑。「欸，幹嘛把我當玻璃娃娃？我只是扭傷，腿還沒斷。」見他那麼慌張，她也不好再亂動，只好偏偏頭，伸手拍拍他肩膀，「好啦，晚會加油啊你！別給我們熱舞社丟面子，之後爭取做主舞！」

「好，我一定會加油的。」

陸子昱眨眨眼睛，聽了宋于絜的誇獎，他的眼睛有些閃閃亮亮，回答時還笑得有點靦腆。而關心過傷勢，他想起來自己過來的目的，回頭看了看四周，課間四散的社員好像沒有太關注這裡，但不知道會不會對她造成困擾……陸子昱深呼吸一口氣，像有點擔心，一副小心翼翼、欲言又止的樣子。

直到宋于絜困惑的眼神投過來，他才慢慢地從運動褲口袋裡拿出兩張被摺疊完好的紙質票券，垂著腦袋，結結巴巴地開口：「那，學姐，妳……妳這週末，有沒有空？」

……約會？

宋于絜呆呆地抬著頭看他，還愣愣地沒反應過來，只見陸子昱把電影票小心地在只有他們倆能看見的範圍內攤開給她看，「這週末剛好有個很想看的電影上映，就是，就是燒腦劇情片，不是恐怖片！聽說很好看。我……剛好有兩張票，想問學姐，要不要一起去看？」撓撓頭，他一邊努力解釋，一邊不安地看了看她，又看看自己，連忙再補充，「就是，我就是想……感謝一下學姐的指導！」

這麼明顯的謊話——她又不是笨蛋，怎麼可能看不出來。

她覺得有點好笑，又有點為難。

明明顯對方還是很崇拜喜歡自己的樣子，一顆真心赤誠熱烈，還很照顧她的想法，知道她怕閒話所以盡量避嫌，動作也都小心謹守分寸。可自己沒有動心、也沒有喜歡他，萬一答應了，是不是有點不負責任？

「我……」

她開口想拒絕，抿抿唇，抬起眼睛，又看見對方眼裡一片真誠，突然又覺得於心不忍。

萬一就這麼拒絕，他會不會很受傷啊？她從小性格就比較強勢，沒什麼拒絕異性的機會，一時間也有點無措。

「那我……帶個妹妹一起？」思忖片刻，她腦子裡靈光一閃，轉了個方式開口，想起國三的小承萱最近才考完模擬考，前幾天還和自己撒嬌過好累，正好帶她出來放放鬆，「兩個人的話我怕有點尷尬，她的票我買就好。」

「可以的學姐、不用不用，那……這兩張票就給學姐跟學姐的朋友！」急急忙忙把手上兩張票都塞給她，陸子昱連忙點點頭，心中總算鬆口氣，更不好意思地低頭道歉，「對不起啊學姐，是我太不會想了，應該再多買張票。」

「哪有啊，你不是剛好有兩張才約我嗎？」朝人眨眨眼睛，宋于絜把票推回給他，禮貌地笑一笑，聳聳肩，只從他手裡抽走一張，「我那個妹妹的票我買就好了，真的，應該是我要謝謝你，帶我去認識新電影啦。」在這方面回絕得乾脆，她不喜歡欠人，更何況是愛慕自己的對象，不能隨意受別人的好。

這樣應該還算得體吧？她吁口氣，目光下意識往窗外瞥瞥。

何承萱和自己的關係一直很好，宋于絜這些年都把她當親妹妹看待。有時候開玩笑，她還會撒嬌地要自己做她未來大嫂。

她不可否認。約著陪自己出門的是隔壁家的小妹，而不是自己同齡的好朋友，也許……她也有點私心。

她也想試探一下。試著看看自己，能不能往前再努力一下。

♡　♡　♡

「哥——出大事啦！」

放學後回家不久，何承熙才快步回到房間、開了空調，再一屁股坐下準備享受冷氣，女孩子的腳步聲就急急忙忙衝上來，房門「砰」地大開，把他剛剛收集好的一點冷氣全趕跑。

「何承萱，妳快把門關了，外面很熱欸！」不悅地橫一眼過去，何承熙也沒起來，長腿一伸，既懶散又不滿地要踹親妹妹的小腿，還穿著制服的女孩子跑過去，拿著手機，一屁股在他旁邊坐下，並扯住他的袖口用力搖晃。

「哥，你還管冷氣呀？于絜姐姐都要跟別人跑啦！」

「我不管，妳回妳房間去，不要來搶我的冷氣！」

聲音帶有種天生糯糯的奶氣，動作明明很大，但女孩子可愛清秀的長相和娃娃音，直接讓她所有動作都帶上了點撒嬌的意味，要是一般男生，估計都要不知所措——但和哥哥就不一樣。

他們倆從小八字就不合、天天鬥嘴。換在平時，何承萱一定會開口回嗆兩句，但現在哪管得了這麼多，匆匆忙忙就把手機湊過去，一邊說，一邊把螢幕畫面湊到面前逼他看：

「還冷氣咧，都要冬天了！哥，姐姐跟別的哥哥要出去約會，你就要被——get out了！」

手機畫面停留在LINE的小窗中，宋于絜告知原委、約她週末出去看電影的訊息上，何承萱表情很著急，末了橫手在脖子上一劃，象徵出局，製造濃濃的威脅意味。

何承熙本來還懶得理她。

她知道妹妹從小就很喜歡宋于絜，大概是因為同性相吸？宋于絜也確實挺照顧她，面對她時就像那種鄰家大姐姐，倒也不怪他妹妹被這種表象欺騙。

但一聽見約會——他耳朵一下子都豎起來，幾乎下意識就直接伸手過去，不太溫柔地把手機搶過來看。

訊息窗裡，宋于絜說，有個男生為了答謝，所以約她出門看電影吃飯，但她覺得一男一女太尷尬、又不好拒絕，問承萱週末有沒有時間陪她出去放放鬆，花費都由她負擔，就當慶祝她即將擺脫會考。

「哥，姐姐要跟哪個男生出去，你知不知道啊？」

眉頭皺得死緊，心裡有種莫名的無名火在上升。他聽見她這一問，還沒回答，只下意識抿了下唇。

還能是誰，八成就是那個學弟——陸子昱。

宋于絜從小就要強，雖然瓜子臉精緻漂亮，但她太好勝，氣質總是清冷難接近，本來就讓異性有拒人於千里之外的感覺，剪了短髮以後就更像個小男生。他知道且認識的所有男性，幾乎都只把她當兄弟。

說實話，他有想過親妹妹平常會是很受男生歡迎的類型，甚至想好了以後怎麼考驗想追她的男生，但確實從來沒有想過：宋于絜會跟什麼樣的人在一起？

陸子昱……他抿著唇思考。心想他雖然……長得也還行，差自己一點吧！問過同學說是班上的乖學生，平時挺開朗，人品應該不錯，但是性格——性格也太懦弱了吧？

算了，那又怎樣，跟他又沒關係。

他撇撇嘴，嘴硬地把手機塞回何承萱手裡，手放腦後就往床上一躺。「誰知道？她愛跟誰出去跟誰出去，而且妳不是也會在嗎？」何承熙一副毫不在意的模樣，隨手拿起剛從親媽手裡贖回來不久的新漫畫，然後舒服地靠在枕頭上，愜意地輕挑眉頭。

「哥——你怎麼可以完全不在意啊？」

何承萱本來看他終於有點焦急的樣子，結果喜色沒留住太久，又看他立刻變臉，馬上猜到他這是口是心非，從小吵到大的兄妹情誼，讓她對自家哥哥有著深刻的了解。「萬一……萬一那個男生把于絜姐姐打動了，你就沒機會了耶！」

何承萱伸手又去拽他肩膀，但被何承熙不太耐煩地動動肩頭甩開，「什麼機會啊？拜託，我跟妳說過多少次，宋于絜跟我——就是鄰居、好朋友、好兄弟。」斜著眼睛睨她一眼，他回過頭，繼續翻閱漫畫。「是妳自己在那邊天天作夢。」

「……喂！」被他氣得跺腳，何承萱從床上起身，隨手拿起被扔在角落的鯊魚玩偶就往他身上丟，直呼對方大名：

「何承熙，你要是把我大嫂弄丟了，自己不要後悔！」

何承熙一手就把抱枕接下，沒給她得逞，順便把莫名悶堵的情緒全部壓下，不安和躁動的心緒都收好，還得意地挑挑單邊眉梢，睨了妹妹一眼，「大嫂個鬼，我才不會後悔。」

已經懶得拉扯這個萬年不開竅的死直男，何承萱拿他沒辦法，想揍人，又覺得到了這個年紀還跟哥哥打架太幼稚，只好氣呼呼地回頭甩門而出。

何承熙稍鬆口氣，何承萱一出去，他才從漫畫書中探出雙眼。

看了看被關上的門，又低下頭，他忍不住看向放在枕邊的手機，不想承認自己確實很在意。

「對了——」

但又想——確實不是一男一女，何承萱在的話，就是一起普通地出個門，哪有什麼好在意的……

房門又突然被打開，何承熙嚇了一跳，趕緊把目光收回、抬眸看了一眼，發現是妹妹又走回來，連忙擺好漫畫，順便翹好二郎腿。

「哥，你漫畫拿反了！」

門外的何承萱抬著下巴，表情臭屁，說完就把門用力關上，像在示威。

「……」

何承熙終於低頭把眼神往手裡的漫畫書上一瞥。

……不會吧，還真的是反的。

♡　♡　♡

城市初冬的風又強又勁，鋒利且冰冷，刮在臉上都像刀刮，要是逆風而行，肯定能被打得發痛。

寒流還沒到，本來就不太怕冷的男孩子穿著薄牛仔外套，黑T恤和牛仔長褲還搭得挺有型。然而詭異的是，他躲在牆柱後，黑棒球帽把他頭髮都下壓遮擋，五官藏在墨鏡和口罩之後，不時還要再把帽沿往下壓一壓。他身材又高又瘦，隱約露出來的輪廓十分令人賞心悅目，很容易讓人誤會這是哪個大明星「微服私訪」了。

越想不惹眼，在別人眼裡就更顯眼。

牛仔男孩——何承熙一身裝備遮得嚴嚴實實，在大太陽的日子裡，還要低著頭躲躲藏藏，活像個變態。他不時揪著帽沿下拉，不時還要裝作若無其事地跟著前面三個人，心虛又緊張，連球鞋都不敢太大力摩擦地面。

好吧，他承認自己現在這樣，確實是有點毛病。

——時間得回到早上。

一晚上沒怎麼睡好，總是半夢半醒的，早早就聽見隔壁何承萱起床梳洗的聲音。他終於受不了了，在睏倦的早晨爬起來，悄悄拉開窗簾一看，發現對面的宋于絜也已經換好衣服，坐在桌前藉著陽光打扮，那一堆刷子和五顏六色的……大概是，化妝品？欸，她怎麼還要化妝？

他皺皺眉，莫名不悅起來。宋于絜什麼時候學會化妝的？怎麼他都沒有看過？

宋于絜穿了短夾克黑襯衫，長牛仔褲再搭上綁帶長靴，大長腿比例優越，看起來又酷又颯。本來就沒什麼瑕疵的臉稍微上點粉暈口紅，看起來就更加精緻。

心裡某個地方被莫名刺激。

心臟怦怦跳，莫名的情緒竄上腦袋——鬼使神差地，何承熙在宋于絜準備出門的前一刻、在何承萱房門打開聲響起的下一秒，快速地從床上跳起來，然後隨手抓了衣服換上，快速把墨鏡、帽子和口罩都塞進包裡。套上外套、帶上手機和錢包，就跟在妹妹後面著急地開門跟了出去！

「哎？何承熙？喂，要出門怎麼不說一聲！」

特地等何承萱走遠一段距離後才跟出門，他關門前還聽見客廳的親媽在揚聲吼人……完蛋，出門前沒先說，爸爸準備好的午餐食材要沒人消耗完，他回來肯定會挨罵。

但——算了，不管了！

何承熙急匆匆照著記憶裡公車站的位置快步走，果不其然，就看見兩個打扮精緻的女孩在等公車……他現在露著一張臉肯定會被發現，何承熙連忙把包裡的墨鏡、帽子和口罩掏出來，將自己全副武裝，只希望自己這樣已經足夠低調了。

出來根本沒想太多，只是內心越來越煩燥，一想到他看不見的地方不知道會發生什麼，甚至心情還開始有點暴躁起來……他也弄不清自己在想什麼，意識過來的時候，身體已經先動了。

那他——他當然對那種陌生的男生不放心吧？畢竟一個是他的親妹妹，一個是他的青梅竹馬。

何承熙混在人群裡，壓著棒球帽尾隨上了公車，又趁兩個人在聊天時落座到她們倆後面間隔兩排的座位。心情很複雜，他一邊小心關注前面，一邊又煩得拿下帽子把頭髮抓亂，然後才再戴上。

只是擔心吧，他不過是作為哥哥擔心而已。

他往前湊湊，看前方兩個人已經聊起天來，趕忙把臉都擠在窗邊，試圖要從嘈雜人聲裡聽見她們的對話：

「……欸，姐姐，那個哥哥是什麼樣的人啊？帥不帥？」

「啊，是我社團的一個學弟。嗯……比較清秀吧，沒有我們兩個爸爸帥。」

一邊順著問題思考，坐在靠走廊的宋于絜轉過頭，看向長髮披下來、眨著大眼睛向她提問的妹妹，忍不住在心裡感嘆了一句「好可愛」，接著伸出手輕輕拍她的頭。

雖然喜歡打扮得成熟性感，但何承萱可愛甜美的長相和身形經常讓她很羨慕。明明一樣是從小學舞，她就沒辦法有這種……小綿羊一樣的氣質。

所以每次見到她，她總是又欣羨又喜歡，忍不住要多寵一點，根本不能理解何承熙為什麼捨得跟這麼可愛的女孩子吵架？

何況……他明明喜歡的，就是他妹妹這種類型的女生，不是嗎？

「沒有爸爸帥哦？那——跟我哥比呢？」睜著眼睛瞅人，表情一派天真無邪的模樣，何承萱乖巧地任由了對方摸頭，歪歪腦袋，彎彎嘴角笑，眼神無意地往後頭瞥——

她早就知道哥哥跟來了。

在心裡臭屁得意地哼哼，她一邊想。早上要不是她故意慢了腳步，他才不可能跟得上。那個大笨蛋，每次都要靠她推波助瀾！要不是為了她唯一認可的嫂嫂，何承萱才不想這麼辛苦。

「比起何承熙啊？」宋于絜聞言失笑，「那應該——要說帥，還是你哥帥一點吧？畢竟他基因好啦。」想了想，她把兩張臉在腦子裡對比了一下，選擇誠心回答。

雖然比不上他們兩家作為前代校園男神的爸爸的顏值，但從小看他那張臉到大，她確實不只一次覺得他好看過……都怪他，害她現在對帥的標準變得好高。

何承熙在後面聽得斷斷續續，公車裡人聲吵嚷，他只能隱約聽到最後回答，但總算安心地傻樂，不由得還有點小得意起來。那——不得當然啊，自己這張臉，怎麼可能不比陸子昱帥！

這邊還在得意洋洋，根本沒有發現自己早就曝光。那邊各懷心思，心裡又都存著別的想法。

——公車在市中心停下，何承熙急急忙忙地跟上，從人群裡擠著下車，再藏到公車站下，深怕自己會曝光。

那邊陸子昱就站在門口，早在百貨公司外等著兩個人一起進電影院。遠遠就看見宋于絜走來，他心想，她穿起便服好像更好看了，高䠷又精緻，在人群裡好耀眼，像那天他看她跳舞時一樣，又有種令人耳目一新的美。

抬頭看兩個女孩子明顯都精心打扮過，他下意識趕緊低頭看了看自己一身的休閒襯衫和牛仔長褲。

完蛋，他會不會太邋遢了？

又忍不住把眼神放往宋于絜身上，一時間呆呆的，他雙眼直愣愣地看，好半天捨不得移開——直到她走到他面前，手在眼前晃晃，好笑地笑出聲來。

「嗨？欸，陸子昱，在發什麼呆啊？」歪歪頭，宋于絜看他傻傻呆呆的樣子，在心裡搖搖頭，一邊疑惑，一邊又忍不住發笑。

陸子昱這才終於回神，耳朵整個燒紅起來。

他急忙把拎在手上好久的飲料獻寶似的拿出來，準備解救自己的尷尬，陸子昱說話都結結巴巴，「我、不是……啊，給學姐和學姐朋友買的奶茶！」他把飲料遞出去，又不好意思地抓抓頭髮，好像怕尷尬一樣地低著頭碎念：「不知道妳們喝什麼，我都買了波霸奶半糖，女孩子喝太冰好像對身體不好，最近又冷，我就買了去冰……」

「都可以，我們倆不挑。」看他明顯緊張得有點語無倫次的模樣，宋于絜莞爾，又有點無奈，想想還是趕緊轉移話題。「這是何承萱，小你一歲，是我竹馬的親妹。」

「哈囉，未來的學長。」

把還在一邊乖乖站著的妹妹推出來，她輕拍何承萱肩膀，乖巧的女孩子就對人甜甜地微笑打招呼，稱呼倒讓對面的陸子昱稍愣了一愣。

竹馬？

他好像沒有聽過宋于絜在學校裡有什麼「竹馬」這號人物，但她這麼一說，眼前的女孩子好像……跟她傳說中的死對頭何承熙有點像？啊，名字也——

「……原來學姐跟熱音社社長不是死對頭。」他很快意會過來，了然地笑了一下，「妳好，我叫陸子昱。」

禮貌地伸出手和對方稍微握了握，陸子昱一面維持禮儀社交，一面總想看著宋于絜，又不敢看。眼神避了避，耳尖好像越來越紅——宋于絜困惑地瞧過去。「陸子昱，你臉這麼紅，發燒啊？」

被她這樣一看，陸子昱臉又更紅，好半天才支支吾吾地說出話來：「不是、我……我是覺得，學姐今天，太漂亮了。」

「……」

沒想到他會打出直球，宋亍絜直接語塞，感覺現在自己的腳趾能摳出一棟房，又尷尬又不有些不好意思。

「嗯……那個，時間……不早了！我們快點進電影院吧！」

一看氣氛不對，何承萱連忙深吸口氣，快速擠到兩人中間，直挺起胸站好——一手抓著左邊的手臂、一手再抓住右邊的包，眨巴眼睛，她知道親哥哥還在後面，登時感覺自己身負重任，立刻推著兩人迅速往影院的方向小跑！

這氣氛也太可怕了！這種這麼會的——她哥哥什麼時候能學一下人家打直球呀！

何承熙和他們離得太遠，但又怕離太近會被發現，基本上沒能聽到他們在說什麼。只看到何承萱拉著兩人跑，他低頭一看錶，想起來昨晚一眼瞥過的電影時刻，想他們應該差不多要入場了，也急急地小跑步追上。

——於是就有了最開始他躲在電影院梁柱後的一幕。

對數字敏感而記住了時間，卻沒記住是哪部電影。何承熙看著那邊一起去取票的三個人，在後面抓耳撓腮。難道他要在外面等？那也太虧了吧？不行，他等等就過去，看看對準放映時刻的是哪一部電影。但是萬一有重複的……

煩死了，他抓抓帽子。陸子昱到底會帶宋于絜看什麼電影啊？

「欸？何承熙？你在這幹嘛？」

他還在柱子後面糾結苦思，後面突然傳來熟悉的男聲，連著大手拍上他肩膀，把他嚇得一愣，差點彈起來。回頭一看是林江，他又氣又急，趕忙把食指堵在嘴巴前要他閉嘴，著急地直吹出「噓」的聲音。

「啊？幹嘛啊你？」林江完全沒get到他意思，困惑地皺著眉頭，聲音越來越大，毫不留情地大聲嘲笑道。「欸何承熙，你躲在這也太搞笑了吧，在演007？你看電影還不約，乾脆一起看啊？反正我女朋友也在，欸我剛剛看宋于絜還有你妹也在啊，你們不是一起的……」

「何承熙？」

——另一個更加熟悉的聲音從何承熙右邊傳來。

他還在忙著著急地和兄弟打暗號，登時整個人僵硬地轉過頭，宋于絜剛帶何承萱取完票，正疑惑不解地站在他面前。

「你怎麼會在這裡？」

哈哈，完蛋。

何承熙一邊乾笑，一邊把目光往邊上正無奈攤手的何承萱瞟。

他現在解釋一下清白，還有沒有用？

♡　♡　♡

「八排七、八排八、八排九……」

兩男兩女，齊了。

湊巧趕上吃瓜的林江在後面嘖嘖稱奇，一邊慶幸幸好自己剛剛千拜託萬拜託跟購票人員說了自己要跟女友坐九排，不跟前面那個帶著滿滿修羅場氣氛的四個人一起坐，一邊選好最佳觀賞座位，已經準備好要開始看戲。

票在宋于絜手上，何承萱和陸子昱在後，何承熙在隊伍最末端，還有點唯唯諾諾的意思，不時要心虛地抬頭覷覷——他結結巴巴的，沒能解釋好自己為什麼會出現在這裡，最後還是妹妹出來解圍，說是昨天和他告知今天要出門的，因為報備而透露了地點。他只好跟著點頭附和，強硬要維持毫不在意的表情，說自己就是不放心妹妹出門才跟出來。

結果宋于絜直接沒給他好臉色。

「承萱有我照顧還不行？何承熙，還要像變態一樣跟蹤自己妹妹，你丟不丟臉啊？」

何承熙無話可說。

好吧，他也不明白自己為什麼要跟來。

宋于絜走在最前頭找位置，找好座位號後就停下，眼神示意幾個人入座。何承萱眨巴眼睛，靈光一閃，一溜煙就溜到了隊伍最後，等宋于絜要坐下，已經剩下陸子昱要順理成章入座——身體永遠比想法更誠實。

單眉一挑，何承熙仗著些微的身高優勢一手按住陸子昱的肩膀，越過對方，直接往宋于絜身邊蠻橫地盤起手，一屁股坐下。

「……」

陸子昱看得一愣，這下只能尷尬地站在原地。

他跟承萱不熟，又是他邀學姐來，更別提和第一次見面的學長……這麼坐，多少有點尷尬……

宋于絜也被這番動靜弄得奇怪地抬頭瞅人，眼神不太友善，示意也很明顯：不是擔心承萱才來的？把自己親妹妹晾在旁邊？

何承熙一接受到眼神，又沉默下來，自己也無措，蠻橫的氣息一下子收回了一半。

而那邊何承萱本來以為自己大功告成，正露出兩顆小虎牙笑得很得意，突然又被親哥一把拉過去到旁邊，強迫性地按下坐好。

「……是何承萱自己突然跑後面去的，我沒看見啊。」

嘖嘖，此地無銀三百兩。

林江在後面提前吃起爆米花，津津有味——沒想到啊沒想到，電影開演前還能先看一齣戲，更沒想到主角是自家兄弟。

「你……」被他奇怪舉止搞得莫名奇妙，宋于絜氣不打一處來，終於開始惱火。她抬頭看了看在最邊上默默落坐的陸子昱，抽了抽嘴角。雖然說對對方確實沒有別的心意，但好歹是學弟請自己出來，怎麼能讓他這麼尷尬？

說實話，她是真的沒弄懂何承熙。她承認自己故意約了承萱，確實想知道何承熙會怎麼想？但她沒想到何承熙居然直接跟來；雖然轉念一想，他擔心承萱本來也不無道理，畢竟承萱真的很可愛，而何承熙口是心非，表面上天天欺負妹妹，實際上是護妹狂魔，這些她還是知道的。

但現在這樣，又是在搞什麼啊？

額角青筋暴跳，她吐口氣，一拍大腿洩憤，乾脆地站起來，把何家兄妹一把拉起——然後把兄妹倆一起往旁邊挪，自己則坐到承萱和陸子昱的中間，淡定地抱好洋芋片和可樂，雙腿一叉。

「喂、宋——」

「坐好。」及時打斷準備借題發作的某人，宋于絜冷淡地扳起臉，眸光淡淡地往聲音的方向一瞥：「電影要開始了，別走來走去的，擋路。」

「……」何承熙乖乖噤聲。

陸子昱見狀，也只好感激地朝她笑一笑，「謝謝學姐。」然後小聲道謝。

但他原本還搞不明白，這下好像搞清楚了一些。

他見過的于絜學姐，向來很冷靜理智，大方寬容。像這樣顯露出情緒的樣子，明明很在意地看卻又收回來的目光……和往常都不一樣，完全不一樣。

原來……他早就輸給時間了啊。

「沒事，等等我幫你揍他，別放在心上啊。」又恢復和平常一樣的微笑表情，宋于絜聳肩笑，把爆米花放在兩人中間把手上推了推，「一起吃吧，我吃不完。」

「好，謝……」

「別說謝謝啦，你說夠多次了。」

「知道了，學姐。」

而那邊何承熙還正辛辛苦苦地越過何承萱，忍不住好奇地往他倆的方向看。一見這幕，從他的角度看，他們倆正十分貼近在交頭接耳，他大大從鼻間哼口氣，只差沒冒出火來——

「哥，電影都要開始了，你不要鬧啦。」何承萱看戲也看得很樂意，難得看親哥哥吃鱉，當然要裝無辜，還要皺著眉頭搧風點火：「而且，于絜姐姐也要交男朋友的欸，你不要害她。」

何承熙雙眼一瞪，差點揍人。「是誰天天喊宋于絜是我嫂子的」這句話差點就要洩出嘴邊，但這個反應終於讓他感覺不對勁起來。

他幹嘛生氣？主動的人不是宋于絜自己嗎？他倆情投意合那不是——那不是正好，那不是好事嗎？

「我……」

他自己也迷茫又困惑，來回看看妹妹和青梅，心裡悶堵又窩火，可是他竟然弄不明白，自己現在到底為了什麼心情不好。

「我就是口渴想拿個可樂。」

他給自己找理由，伸出的手越過去把放在原座位上的可樂拿過來，坐回座位上，想讓自己冷靜冷靜。可直到電影開場，影院的燈光暗下，他還是忍不住一直往旁邊瞥，好像那兩個人在他心裡扎了根刺，讓他好在意、沒有辦法不在意——

「欸，何承熙，我看你不會真喜歡宋于絜吧？」

他低下頭，在昏暗的電影院裡，收到來自後方吃瓜群眾的訊息，本來應該要暴跳反駁，手指卻停在螢幕上，沉默地陷入沉思。

Chapter 5・理想型等於完美情人嗎？

「我不可能喜歡宋于絜。」

電影院事件結束後的一週，何承熙第N次坐在教室發呆、皺眉沉思。在幾次被老師叫到都因為恍神被罵；終於在某天，他在下課鐘響時猛然回頭，對後座的林江點點頭，語氣堅定不疑地吐出了這麼一句。

林江像看傻子一樣地看著他，不敢置信地單挑起一邊眉頭，差點要翻白眼。「不是吧，阿sir，你到現在還記得這件事啊！」

電影院混入約會還搶座位的事情被他鬧得亂七八糟——到最後，何承熙也沒有看進去那部電影的內容，只記得自己後來滿腦子裡晃的全是林江問他的話。他喜歡宋于絜？怎麼可能？不可能！可是反駁完再想一想，他這陣子對她的在意程度確實超乎以往，已經太過度，就算是妹妹何承萱，他也不會反應大到那個樣子。

但不應該啊。他皺起眉頭，在這個點上幾次陷入思考。

「當然啊，我要自證清白欸。」他蹙著眉，從口袋裡翻出手機，趁著下課時間沒有老師在，左看右看確認，並偷偷翻出一個女孩子的IG攤在桌面上給對方看，向下滑動好幾張照片。「你看，這是我國二喜歡的女生欸。你看她的型，可愛又清純，初戀的感覺有沒有，跟宋于絜一點也不像……」

「那你怎麼沒跟人家在一起？」林江湊過去看了眼，附議地點點頭，又撐回下巴疑惑看他。

「喔。因為後來我發現她雖然漂亮，但是人品不OK。」何承熙聳聳肩，「我有一次回來發現她居然在講宋于絜壞話，表情還很惡毒。我跟你講，這種背後講人家壞話的女生，不行。」他表情很正義地雙手比劃，做出一個「X」，還很認真地搖搖頭。

「……」

林江撐著下巴的手直接滑掉，不知道該罵人蠢還是搞笑。

加上自己出格的跟蹤行為，何承熙確實被他的話刺激不淺，回去後好幾個晚上沒睡好，在床上滾來滾去思考半天。他想不明白，喜歡應該會心動不是嗎？但他想來想去，自己看見宋于絜從沒有過心動和緊張，更別提人家說的什麼小鹿亂撞了。

而且，就算她打扮得漂漂亮亮出門，他也頂多覺得她好像比平時好看一點，根本沒什麼別的想法……他翻出宋于絜的IG，來回比對好多次，眉頭擰得越來越深。對啊，怎麼看，她都不是自己的菜嘛。

「那你在電影院發那麼大脾氣幹嘛？」嘆口氣，林江打斷他的自我懷疑，搖搖頭再把手肘撐回桌面並看向他。「還偷偷跟去人家約會現場，又要在座位橫插一腳……欸何承熙，你別說你不知道你整場電影還一直看他們兩個欸。」

「……那是我——」愣地抬起眼，何承熙被他問得竟一時窘迫——這個問題他自己也想好久，卻始終想不明白。沒有辦法，他向來是身體動得比腦子快的類型，要他思考這種問題，實在有點難度……他努力在腦子裡搜刮一百種理由，急切要找出反駁辦法：「我是擔心她被渣男騙！」然後勉強給了個回答做解釋。

對，他一定只是怕她被裝乖的渣男騙。

何承熙一找到理由，就開始給自己不斷洗腦。

回想起電影院的時候，陸子昱幾乎對宋于絜言聽計從，出影院時還默默跟隨，一副小跟班的樣子，被自己這樣搞破壞，表情居然也毫無破綻……那個陸子昱乖得莫名，有時候還會露出一副可憐兮兮的緊張模樣，現在哪還有這種男生啊？怎麼看都覺得一定是裝出來的。

再怎麼說……宋于絜雖然不是他的菜，但確實很漂亮，說不定他就是那種想騙色的混蛋！

何承熙想著，越來越認同自己般地連連頷首，末了，右拳頭往左掌心一敲，擲地有聲道——

「就是這樣！」

「……沒救了。」啊，和傻子說話好麻煩。林江無語問蒼天。

怎麼會有人長得一張好看的臉卻是戀愛白痴？他想不明白，比何承熙更想不透。

晚會就在下週，再接著又是期末考。林江懶得理他，搖頭吐槽一句後就不再說話，他低頭拿起作業複習，開啟勿擾模式，再順便偷偷給女朋友發訊息。何承熙也沒管他，找到答案的大男孩興高采烈地去福利社買小零食，等他再高高興興地回來準備騷擾兄弟時，卻發現旁邊那個一直空著的靠窗座位，不知道被從哪裡冒出來的女孩子霸占。他疑惑走近，對方還背對著自己，再仔細一看，她身上的制服似乎也過分嶄新……

才開口想問話，對方已經率先回過了頭。

「啊，同學，不好意思呀，老師叫我坐你旁邊——你沒有被嚇到吧？」

手裡還拿著一包草莓 Pocky 和一瓶礦泉水，他呆呆地站在座位旁，看本來正往窗外望的女孩子，聽到他的腳步聲後轉過頭，揚起嘴角。

紮著高高的單馬尾，女孩子有一雙漂亮的大眼睛，眼尾上挑，笑起來時有可愛的小兔牙，聲音又細又甜。她說話慣性上揚尾音，加上無辜直率的笑容，像一隻誤入叢林的活潑小白兔。

外頭的光從她背後的窗口透進來，把她照得明亮乾淨，彷彿天使降臨。

「哈囉，同學？」

「沒——沒有。」何承熙呆了好一陣，直到對方疑惑地歪歪腦袋再問，他才趕忙擠出笑容回應，好像心臟被愛神之箭穿過，說話都開始不正常。「妳坐妳坐、沒事！這個、啊，我剛買餅乾回來，妳要不要吃一口？……」

後頭的江林不知何時從看書好學生狀態立刻變為吃瓜群眾，他探出一雙眼睛，把臉大半遮在課本裡。一邊偷看，一邊搖了搖頭，饒有興致，吃瓜吃得津津有味。

完蛋啊完蛋。看他那模樣——八成已經入魔囉。

♡　♡　♡

「這是我們新的轉學生——蔓欣，來，跟大家自我介紹一下。」

「我來啦！同學們好、老師好、大家好——哎呀，我叫蘇蔓欣。」

高馬尾的女孩子髮尾捲翹，遊走於髮禁邊緣的淺褐色髮絲十分搶眼，與她張揚的笑容、誇張跳躍的嗓音搭配起來，相當活力四射。蘇蔓欣被叫喚上台，連制服裙都改到膝上十五公分，走上台前還要轉個圈，百褶裙飄揚起來，蹦蹦跳跳的，嘴邊還叨叨不休。

「蘇州的蘇，藤蔓的蔓，欣欣向榮的欣，大家可以叫我蔓欣就好啦。本來應該要下學期再過來的，因為我的父母臨時有事調來這邊，所以就匆匆忙忙轉來和大家見面啦！大家期末考要多多告訴我考試重點呀，我成績超差的……」

講台上的小女孩還在喋喋不休，在黑板上寫完名字，又開始叨叨念念自己的家庭背景、轉學原因……講到最後因為話太多，被班導師受不了地請下台，但直到講課開始前還沒止住話音，一路被押送回座位上還要頻頻回頭，逗得整間教室哄堂大笑。

「現在大家把課本翻到第一百二十八頁。」

下面的何承熙已經雙手捧臉，雙眼冒光，完全把之前的問題全部拋到腦後。

這長相，這性格——蘇蔓欣不就是他心目中的女神嗎？他在腦子裡一一比對，讚嘆地吁口氣。太可愛了吧，清純亮麗又活潑，而且還是馬尾……

「嗨，帥哥同學，你剛剛說你叫何承熙對不對？」

台上老師已經宣布課堂開始，強行讓包括蘇蔓欣在內的同學全部安靜。她眨巴眼睛，要避開老師目光，只好壓低氣音小心地彎腰湊過去，「何承熙同學，我剛來，之前老師給發的書單我忘記看啦，你有沒有課本，可以借我一起看呀？」

她低著頭，說話的聲音輕輕柔柔，大眼睛眨動的樣子靈動又惹人憐。何承熙愣了一秒，立刻大方抽出數學課本拍她在桌上。「沒問題！哎，妳別喊我同學了，喊我名字就行。」面對美女讓他心情好了不少，說話語調都跟著輕快起來。

何承熙大義凜然，正準備學一把愛情電影裡的浪漫場景，把課本大大方方借給人，再跟老師說自己沒帶課本，耍把帥。結果他還沒說話，蘇蔓欣已經先跳起來舉起手，用全班都能聽見的清亮嗓音大聲道：「老師——我沒帶課本，和我隔壁的承熙同學一起看！」

說完，她就自動自發把桌椅搬到對方桌旁擺好，雙腿併攏坐得乖巧端正，順便把課本放到兩人課桌中央擺好，雙手捧臉看向黑板，做起好學生模樣。

何承熙只能呆呆地看著對方一系列動作發愣，又看她線條小巧的側臉，再次感嘆一句真好看，然後收穫對方轉過頭來單眨眼睛露出一個笑。

「謝謝你啦，何承熙。那——你也叫我名字就可以啦，或者直接喊我蔓欣或欣欣，都可以！」

心臟被射穿了。何承熙撐著臉，表情呆滯，心想一見鍾情不過如此，原來他的愛情才剛剛到來。一樣都是可愛的女孩子，比起他那個惡魔妹妹，蘇蔓欣不知道可愛了有多少倍……人與人的差距啊，他一邊在心裡吐槽，一邊朝女孩子微笑點點頭。

「好，那——蔓欣，請多指教啦。」

併桌同坐太顯眼，整個班的人一下都把目光投放到他們倆身上，還有的好奇地交頭接耳起來。何承熙從入學來就因為外貌和社團而成為眾人焦點，兩年來拒絕過不少女孩子，沒有人知道他到底喜歡什麼樣的女生，所以才有人乾脆嗑起他和宋于絜兩大社團社長相愛相殺。

這樣看來，轉學生蘇蔓欣長得也可愛，像個小公主，好像也挺搭的？

校園八卦在悄悄蔓延，後坐的林江則搖頭再搖頭，心想四角戀注定要形成，他還沒搞懂三個人的關係，這下又來第四個——那天，他看何承熙與宋于絜關係確實不一般，怎麼轉頭又喜歡上女神，這下到底誰得失戀啊？

吃瓜群眾嘆口氣，不禁感慨一聲「貴圈好亂」。

♡ ♡ ♡

「那——大家辛苦了，今天就先到這裡啦。」

鄰近期末考，社團活動也被壓縮，宋于絜腳傷還沒好全，加上上次考差，被勒令要減少練舞時間，她待社團的時間變少，窩學校自習室的時間變多，反倒何承熙躲在社團的時間默默變長。

回神過後宋于絜才想起來，自己已經有一小段時間沒和何承熙一起回家了。

由於家庭因素，他們從小算是形影不離，幾乎所有人都知道他們是青梅竹馬，加上又一直同班。一直到高中，大多同學轉往別的地方，又因為他們之前立下的約定，變成現在才各自為王——一開始是因為那個維持形象的賭約，後來就變成各自憋著一股氣要進行到底。

不過，何承熙最近到底在忙什麼？

她有點疑惑地往窗外探探，想著想著，才往門邊走幾步，一眼就發現隔壁教室好多人圍觀……何承熙又在搞什麼鬼？她下意識懷疑。

最近忙著課業愛好兩不誤，她幾乎忙得翻天，每天急匆匆的，根本沒時間關注別的東西。看來他還挺閒嘛，回去該跟何爸何媽告個狀……

宋于絜好奇地往外走，拔高的個子和大長腿加上社長氣勢，讓她不費力氣，就能很有優勢地撥開人群往裡頭前進。直到走到熱音教室外，探進窗裡張望半天，才看見一個陌生的女孩子坐在何承熙前頭捧著可愛的小鵝蛋臉，小迷妹一樣地聽他彈吉他。

好可愛的女孩子。

心裡下意識感嘆，她微微愣住，整個人一下子怔忡在原地。夕陽從教室窗口照進來，把兩個人面對面坐著的畫面照得溫暖又夢幻，像偶像劇場景一樣，彈琴和聽琴。何承熙本來就是偏向陽光活潑那一類的長相，搭上女孩子可愛活潑的臉，看起來相當速配。

就像——天生一對。

「欸欸，那是誰啊？」

「你不知道啊？二班新來的轉學生，聽說是個千金小姐，嬌滴滴的，又做作又喜歡撒嬌，一看就是綠茶。」

「啊？原來何大社長喜歡綠茶妹這款的啊？……」

轉學生啊，難怪沒見過。

宋于絜默默地垂眼思忖，想起來以往何承熙喜歡的類型，再看看對方的模樣和氣質——幾乎毫無差別地對上。對了，何承熙就喜歡這種類型的女生，可愛、清純又活潑，和她完全不一樣。

「哇——好厲害噢，何承熙。」吉他彈奏結束，蘇蔓欣眨著大眼睛，語氣誇張地拍手叫好，笑眼彎彎，惹得對面的人都不太好意思地熱了耳尖，被誇得飄飄然卻還要故作鎮定。

「嘿，也沒有啦。所以……怎麼樣，蘇蔓欣，要不要來熱音社？」擱下吉他，何承熙前傾身體，從專心的狀態中抽離，抬起眼睛，滿臉期待地看她。

「嗯……我再考慮一下吧！」雙手捧在頰邊，猶豫地抿唇想了一下，蘇蔓欣做考慮樣子地聳聳肩。

下課鐘在這時候響起來，她就順著起身走到他身邊，「我音樂不好啦，進來也只能當一下你的小迷妹欸。好啦好啦——超級帥氣厲害的大社長，趁福利社還沒關，我們快點去買冰淇淋啦——」

撒嬌地抓著他手腕讓他把吉他放下，再晃一晃他要拉起來，她用的力氣不大，但女孩子的手又軟又小，認識才不久就能把親密動作做得熟稔，讓從來都覺得自己不算純情少男的何承熙都有點無措。

他跟著她站起來，手不知道往哪擺，腕上觸感輕軟又溫熱，撓得人心裡癢癢的。還在想該不該掙脫，他回過神，才發現教室外有好多人正在往外散開，估計是去趕校車……剛剛都聚在他們教室外幹嘛？愣了一下，他一眼就看見窗前的宋于絜，這才抬起手看看手錶——還以為到自習下課時間了，嚇一跳。

最近宋于絜壓力大，怕期末再考差，看過電影後就自發要留校讀書，攔也攔不住。留校前她對何承熙說自己已經跟爸媽說好了，讓他單獨回家，何承熙不喜歡待在學校讀書，也就沒有等她……這麼一想，才發現好像好多天沒有和宋于絜一起走了。

「欸，蘇蔓欣妳等我一下。」

注意力立刻被轉移掉，他回頭和蘇蔓欣報備一句，就小跑衝了出去。

宋于絜還站在原地，有點尷尬，不知道該走還該留。圍觀群眾已經鳥獸散，何承熙一向直男，不太會撩妹，她不知道會見到這種曖昧場面，心想肯定明天校園八卦頭條又會跟自己有關，畢竟她這架式還挺像來找隔壁社長宣戰找碴、還恰好看見不該看的。

但見對方走來，她只好聳聳肩故作沒事。「打擾你啦？今天要一起回去？」

「妳今天不用留校啊？對了，剛剛這裡怎麼這麼多人。」何承熙到門口探出一顆腦袋，往外好奇地看看，嘀咕一句，又回頭瞅瞅宋于絜，「打擾啥啊，我這也剛結束。哎，妳等我收拾一下，一起走！」

他朗聲應和，又轉頭小跑回去，急急忙忙就開始收吉他，一邊還要回頭道歉，「抱歉啦，我要先回家了。蘇蔓欣，明天再跟妳去買冰淇淋吧。」

蘇蔓欣在原地等人，一邊看看長相高眺帥氣的宋于絜，一邊再看看注意力被轉移的何承熙，來回打量兩個人無比熟稔的模樣，還有空氣中暗流湧動的微妙氣息……

饒有興致地轉了轉眼珠子，她嘴角勾勾，挑起笑容就迎上去：「沒事啦，那說好囉，你明天要陪我去，食言會變成小豬。哎呀，好帥氣的女生噢！何承熙，這是誰呀，你怎麼沒有介紹我認識？」

一邊側著頭嬌嗔地嘟嘟嘴跟人要承諾，她一邊逕自往門口走，雙手負在身後，很有興趣地歪歪頭，對著宋于絜左看右看地打量。

宋于絜向來很招同性緣，被小女生這麼看不是第一次，但對方畢竟是剛和何承熙有過曖昧氣氛的女生，她總覺得尷尬，又偏偏對可愛的女孩子沒輒，只好彎彎唇，淺淺地笑一笑，試圖禮貌地向她揚手招呼。

「嗨，我是……宋于絜，隔壁熱舞社的社長，也是這個熱音社社長的……老朋友。妳是？」

「蘇蔓欣是前幾天才轉來的轉學生啦。她剛好坐我旁邊，我就負責帶她逛逛學校。」收好吉他的何承熙走出來，正好接話，大喇喇地一手就勾過去搭搭宋于絜的肩膀，完全好哥們的模樣，他咧嘴笑得很開朗，「宋于絜是我一起長大的兄弟啦。哎蘇蔓欣，妳別看她帥啊，我告訴妳，宋于絜可是惡魔！」

「熱舞社？哇，真的嗎？好帥哦！」小迷妹姿態湊上去，蘇蔓欣很崇拜地眨巴眼睛，回頭看了何承熙一眼，滿眼期待地開口：「那——我想加入熱舞社，可不可以呀？」

眼睛直盯著宋于絜看，蘇蔓欣不等何承熙開口，語調誇張地就開始喋喋不休，一邊還熱情地去抓住宋于絜的手，「熱舞社是那種，會教那種很辣的舞蹈嗎？我超級喜歡那個……BLACKPINK，她們跳舞超——級好看！會不會教那種的？哎呀，美女社長，我一直好想學跳舞哎，妳能不能教我呀？」

「哇！宋于絜，妳又搶我社員！」

宋于絜一向喜歡可愛的女生，因為她知道自己永遠不可能像承萱或眼前的女孩子一樣甜美漂亮。蘇蔓欣眼睛又圓又亮，像小貓，盯得她完全無法招架，把她剛剛萌生的一點醋意立刻消滅，還有點自責自己為何如此小肚雞腸。

但她表面上還是得意地瞥了眼正跳腳的何承熙，再溫柔地轉過來回應女孩子。

「當然可以。我們社上個月剛好有人退社，妳去申請一下，我就把妳放進來。」

「那我就謝謝美女社長啦，趁還沒天黑，你們快點回家噢，掰掰——」

離開的背影也輕盈跳躍，蘇蔓欣朝兩個人俏皮地眨了眨單眼，轉身在夕陽的逆光裡走遠。

宋于絜心情卻複雜起來，腦袋好亂，她忍不住想，何承熙從來沒有像那樣給自己彈過吉他，印象中他好像沒有用那麼溫柔的語調對自己說過話；禁不住地想著，自己和他的理想型永遠差那麼多。明明想賭氣，又知道自己沒資格……

越想越鬱悶，她的表情就更無所謂，「你不去送送人家啊？人家女孩子一個人回家，有點危險吧。」揶揄地側過頭，她開口。

「她不用我送啦，拜託，她是大小姐，有專門司機接送欸。」何承熙笑嘻嘻地聳聳肩，一隻手拍上她肩膀，「走走走，我爸說今天是他們結婚紀念日，要做大餐給我媽欸，宋于絜，快回去跟我一起蹭頓飯——」

他作勢要搭過來，宋于絜就不著痕跡地往前快走，和他稍稍拉遠距離。心裡不愉快，她眼神也淡下來，疏離地笑了一下，「不用了，我還有事，今天就不去了。」說完就快步前走，書包隨性地搭到身後，擺明不想理人的意思。

被她突如其來的冷淡弄得有點懵，何承熙愣地眨了下眼睛，呆了幾秒，連忙跟上。「哎、宋于絜！妳真不來啊？我爸說要煎牛排欸，他還特地讓我找妳的……」

女生好奇怪，他想，一時間又摸不著頭緒。以往聽到他爸爸要下廚，宋于絜都是第一個來蹭飯的，怎麼今天突然這麼冷淡？

而且……好奇怪，他竟然有種莫名的心虛和愧疚感。

——好像自己做錯了什麼，忽略了什麼。

宋于絜來找他的時候表情是不是有點不太對？但這又是為什麼？難道她不喜歡蘇蔓欣？可是也沒道理啊，她對人家不也挺熱情嗎……

摸不著頭腦，宋于絜最後也沒去，又接著好幾天沒和他一起放學。不是早早離開學校，就是早早到學校自修室，連和他告知一聲也不願意——晚上隔著窗也只看見灰暗的窗簾，和隱隱透出的光，就連LINE上的對話也變得好冷淡。

感覺被拋棄了。

何承熙也跟著悶悶不樂好幾天，像被丟在門口的小狗，癟著嘴，上課時就無趣地趴在桌上，原子筆夾在上唇和鼻子之間，好幾次又掉下來，最後被老師叫起來念了一頓不專心。隔壁的蘇蔓欣被他逗得憋著聲音直笑，他只好撓撓頭自認倒楣，轉頭看了看對方乾笑一下，當作自我解嘲。

晚會就在明天晚上。最近他連練習時也不太能集中精神，林江在下課後準備前往練習的途中，終於受不了地過去敲他腦袋，一隻手過去用力勾住正發呆的人的脖子。

「喂，你怎麼回事啊？最近心不在焉的……失戀了？蘇蔓欣拒絕你了，還是宋于絜終於看清你、拋棄你了？」

他聲音不大，畢竟說八卦要偷偷來，林江對這點還是很上道。但何承熙被他說得愣了一下，立刻伸手打人，「你有病啊？跟她倆什麼關係？」一邊反駁一邊又有點心虛，何承熙雖然神經大條，但隱隱好像也能察覺宋于絜的不開心和蘇蔓欣有點關係。

蘇蔓欣加入了熱舞社，聽說又在那裡成為開心果，雖然總有不認識的女生在她背後說奇怪的話，但很奇妙，她到哪又都人緣極佳。他幾次聽見謠言，不太樂意地想上去罵人，又被女孩子笑嘻嘻地攔住，說她根本不介意這種事情。

看起來好像很嬌弱，實際上卻很堅強。何承熙深感佩服，腦子裡想到的又是——這如果是宋于絜，一定又會偷偷躲起來傷心。

「真的啊。欸，何承熙，你到底喜歡哪一個啊？」林江滿臉不相信，「我在電影院的時候還以為你喜歡宋于絜，結果轉學生來了你又對人家這麼好。欸，何承熙，你這樣很像渣男。」

「思想齷齪的人想什麼都齷齪。」何承熙翻了個白眼，沒好氣地跟著他往教室走，一邊絮絮叨叨地解釋：「蘇蔓欣是新同學，我是帶她熟悉一下環境，雖然她確實是我的菜，但我還沒想到那裡去好不好？至於宋于絜，我早就說過我才不可能……」

「呀啊！好痛！」

才走近社團教室前走廊，突如其來的尖叫聲打斷他們兩個人的對談，愣地面面相覷。女孩子的聲音有點耳熟……蘇蔓欣？位置好像是前面的熱舞社教室。對看了一眼，他們眼神中都有著肯定，便決定先去看看情況，一前一後地往熱舞教室小跑。

何承熙在前，一到教室門外就先看見女孩子跌坐在地，一手摀著腳踝，臉上表情又委屈又難過。

而一聽見有人來，蘇蔓欣立刻轉過頭朝人看過去，更委屈地向對方癟癟嘴巴，眉眼都耷拉下來，看起來可憐巴巴的：「欸，何承熙……好痛噢。」

他抬起頭，看見宋于絜就站在一邊，平常冷靜淡然的表情蕩然無存，看起來慌張又無措，彎著腰伸出手，像是想去扶。

何承熙皺著眉頭左右看看，沒搞懂發生什麼，但下意識覺得該先關心弱者，就彎下了腰蹲到女孩子身邊，關懷地瞅她，「蘇蔓欣？妳怎麼了，扭到了啊？」

「嗯。」蘇蔓欣點點頭，表情好無辜，「不小心摔倒啦，好痛，我起不來啦。」說著動了動腳，她一動作，又痛得呲牙裂嘴，還一邊哇哇叫，她本來就是娃娃音，哀號起來就更惹人憐。

「哎，妳別動，等等起來了扭得更嚴重。」何承熙趕忙去扶她肩膀，一邊小心翼翼去扶住她受傷的腳踝，放到地面上緩緩放平，再抬頭去看宋于絜：「怎麼回事啊，剛剛發生什麼了？」

宋于絜慌得話都說不清。「我、不是，我剛剛……」

「社長剛剛推了蔓欣一下！」旁邊一個女社員率先開口，直接把結結巴巴的宋于絜話頭搶掉，咄咄逼人的，完全得理不饒人的樣子，「社長，妳是不是故意的啊？」

宋于絜看出她是蘇蔓欣進社團後交的朋友。收回一些理智，她吐口氣，連忙擺擺手，「沒有，我真的不是故意的。我們剛剛在教動作，蔓欣想學，我只是想幫她做轉圈……」

「我明明看見了，社長妳推好大力，不然蔓欣怎麼會摔倒！」

「好啦——我沒事嘛，小禾，不要怪社長，她也是不小心的。」

開口打斷朋友維護，蘇蔓欣嘆口氣，很為難地左右看了看，揚起手擺了個「stop」的手勢，「都已經這樣了嘛，找那些原因也沒意義啦，大家都不准吵架！」

何承熙一個大直男聽半天也沒看明白，只覺得腦子被女孩子們的吵架內容弄得嗡嗡頭痛，只好也跟著擺擺手，晃晃腦袋，先準備試圖把蘇蔓欣扶起來。「蘇蔓欣，我先帶妳去保健室吧？欸，妳腳踝都腫了，我扶妳過去。」小心地繞過她肩膀搭到自己肩上，他一邊說話，一邊試探肢體接觸的距離，想起身高差問題，就只好站且彎著身讓她靠好自己——大概是因為維持姿勢，抬頭的眼神就變得兇。

他朝宋于絜看了看，有點無奈地聳了下肩膀。「妳們女生的這種我也不懂……哎，反正沒出大事就好，宋于絜妳大力金剛女超人欸！下次小心點，我先帶她去保健室啦。」

轉過頭，他慢慢地撐著女孩子的體重，一邊要問她會不會走得太快，還要關心會不會很疼。才到門口沒兩步，他停了停，又聽見後面剛剛替對方說話的女生不甘願地嘀咕：

「明明就是故意的……」

「……」

宋于絜的表情一點一點地沉下來。

她知道，很多來熱舞社的，除了陸子昱那樣的人以外，更多是因為知道他們熱舞社聲名響亮而來的，不服氣她做社長的多得很，加上她這次晚會又無法上台表演，本來很難服眾。她其實清楚，自己現在不應該有脾氣，應該抿緊唇瓣把情緒憋回去，對大家露出一個無懈可擊的笑容，並叫大家繼續練習明天的舞步。

可一回頭看見何承熙和對方看起來相當親密的背影，她感覺自己好像真的一點一點地被擊垮了。

自己也太沒用了，宋于絜想。

委屈和不甘還是在心裡盈得滿滿的，她又想起何承熙剛剛的表情，整個人開始胡思亂想，思緒也因此變得敏感。他是不是相信了？他是不是——也責備她，覺得她是故意的？

「……我出去上個廁所，你們先練習啊，我等等回來。」

勉強彎了彎嘴角笑，偏了偏頭，她越過何承熙，說完就快步往門外走。

陸子昱在後面觀看了整個過程，來不及幫她說話，畢竟他十分不擅言辭。本來就在乾著急，這下便趕忙追出去。

「學姐！」

何承熙愣愣地在後面看前面一前一後的背影。

從剛剛擦身過的餘光，他能瞥見宋于絜好像很傷心，幾乎下意識就想追上去——可是偏偏已經答應好要送人去保健室，他背上還有重量，理智告訴他，他不能就這樣隨便跑掉。

「哈囉，大帥哥何承熙？」

「……欸，沒事，我先帶妳過去。」

著急又無奈，好奇怪，一下子身邊眨著大眼睛看她的女孩子好像也不那麼可愛了。他又變得滿心滿眼地在思考——宋于棨在想什麼？他該不該立刻就追上去告訴她，她沒有錯，他知道她一定不會做這種奇怪又無理的事情？

但是已經有人去了。宋于棨……還會需要他嗎？

Chapter 6・我和你之間的信任遊戲

「學姐……妳還好嗎？」

藉口說去廁所倒也不算騙人——宋于絜離開後一路快步走，情緒幾乎就要憋不住，來到廁所旁邊的洗手台站定後，直接把冷水開到最大，低下頭，雙手捧水，用力一潑就把臉潑溼。她的頭髮沒綁牢，髮尾都被水沾溼，眼睛被水浸溼後，宋于絜抬起頭來，風又把臉吹痛。

她又給自己潑了幾捧水，腦袋裡嗡嗡作響，好不容易才從情緒中冷靜下來。氣息還有點不穩，像剛溺過水，她好半晌才回神聽見陸子昱的聲音。

眼睛有點乾澀，但沒有哭，她緩了幾口氣，回頭用袖口擦擦臉，無奈地朝人笑了一下：「我沒事，就是有點上火，現在好多了。你怎麼跟出來了？」

「我……有點擔心學姐。」就在她身後跟著，一見她停下，陸子昱也忐忑地減慢腳步，慢吞吞地走到她面前，垂下眼睛，抿了抿唇，好像在思考，好幾秒後才再抬起來瞅她。

眼睛裡全是擔憂，還帶點替她生氣的憤怒，他想出聲替她出氣，又忍不住責備自己。

「明明學姐沒有那麼做……對不起，我剛剛應該站出來的。」

他拳頭攢在褲縫旁握緊，指節緊收，覺得又無力又氣憤，好沒用，可又沒辦法。他太清楚了，這種時候她要的根本不是自己的關心。

本來……他都想好了，就這樣退一步，讓她和心儀的人在一起，自己就不該再往前。可是他們明明是青梅竹馬，為什麼那個學長卻站在了和她對立的那邊，甚至傷她的心呢？

「噗。說什麼啊，你出來說有什麼用啦？」被他小孩子一樣又氣又急還要裝成熟地憋著的表情逗笑，宋于絜失笑出聲，忍不住伸手揉一把男孩子的腦袋瓜，「我該謝謝你——沒有出來說話，不然會更亂。」

「我應該出來的，那樣學姐才不會這麼委屈。」表情很認真，陸子昱被她揉過頭髮，愣了一下，神情跟隨著語氣又更堅定，像宣誓一樣：「學姐，我覺得他對妳一點都不好。」

啊。

宋于絜被他的話說得一下子愣住，眼睛眨眨，心想他果然也看出來了啊，自己原來這麼明顯的嗎……

她苦笑搖搖頭，開口的聲音卻很淡然，「他只把我當兄弟，當然是這種反應。」眉眼稍垂，她聲音放輕，一副了然於心的表情，把自己矯情的受傷都藏到眼底，不想給人看見。

——她確實喜歡何承熙。

也不知道是從什麼時候開始的，好像，還喜歡了有點久。

可能是從何承熙每次欺負她，到頭來還是會嘴硬心軟地回頭來找她、揹她開始？也可能是從每天打開窗簾就能看到他開始……又或者，可能是從每次她傷心，他總能第一個知道，而她每次受傷回過頭時，總能看見他一聲不吭地默默陪伴自己開始……

太久了。

可惜她和他認識越久，每一次的試探好像都讓自己更清楚：何承熙根本不是戀愛腦沒開竅，而是真的不喜歡她。

宋于絜心裡明白，總有一天會有一個像蘇蔓欣那樣的、真正讓他心儀的女孩子出現，牽著何承熙的手，把他從自己身邊帶走。只是沒想到……會在這種時候。

以往這種時候，他一定會知道自己其實很傷心，只是礙於面子不願意表現。每次她逞強後回過頭，總能看到他在身邊，安靜地陪伴，直到她心情轉好，再笑嘻嘻地問她要不要去買冰淇淋。

「沒辦法啦，何承熙就是這種笨蛋。」故作不在意地聳聳肩，她笑了一下，從思緒中抽離，有點猶豫地看了看陸子昱，「我和他認識太久了……其實，子昱，你身邊還有好多優秀的女孩子的。」

話已經說得足夠直接，她抬起眼，和他相望對視，可以很清楚地看見陸子昱望著自己的眼神裡，有著他們彼此之間不應該有的、過於濃烈的情緒。宋于絜知道不能再這麼拖下去，更不想白白浪費他滿腔赤誠的感情，乾脆趁這時候好好說清楚。

宋于絜嘆了口氣，回頭看向教室的位置，再輕飄飄地開口：

「我這個人吧，就是死心眼。」

陸子昱當然知道她在說什麼。

但他也不介意，只是搖搖頭，看著她的表情依舊認真，「那也沒關係，我可以一直陪在學姐身邊。」陸子昱朝宋于絜走近幾步，低下頭和她相對，好像希望她看清楚自己眼睛裡的真誠，「一開始，我確實是很崇拜學姐、覺得學姐很厲害，但是到現在——我也不只是因為這些才站在這裡的。」

他的眼睛太乾淨，乍一看，好像裡面滿滿當當全是她的倒影，距離近得她不由得愣住，想退後，又下意識地想再多看兩眼那樣的眼睛。

「學姐一直是我前進的目標，從來都沒有改變。」

聲音和眼神都太認真，讓她根本沒辦法再像剛剛那樣決絕地拒絕他——台詞好像偶像劇，偏偏他又好真摯，根本挑不出一點作戲的成分來。

宋于絜拿他沒辦法，張了張嘴半天說不出話，最後只好嘆氣。

「……我知道了，你別太勉強自己。」妥協地舒了一口，她想了想，又有點強硬地看他道：

「他的事，我也會自己看著辦的，你也不用替我著急。」

她自覺心裡有數，作為朋友，何承熙和她認識這麼久，要是為了個心上人敢誤會她，她直接把他拎出來打一頓都不為過。

……至於感情，那也不能勉強。

她知道自己死心眼，動心難，變心更難。也只能……走一步算一步吧。

♡　♡　♡

「怎麼了——我們承熙怎麼悶悶不樂啊？」

房門被推開的時候，何承熙整個人正趴在床上，單人床靠著窗頭，面前窗簾大開，房門對面的窗卻反差地閉得死緊。他下巴靠著枕頭，像在發呆地望著對面停滯動作，直到被熟悉的聲音敲門才回神過來——回過頭發現是自家親爸，他有點意外地抱著枕頭翻了身過去。

「爸，你怎麼來了？」

「你媽說，你這幾天飯吃得比平常少一倍，肯定有心事。」

拿著兩瓶可樂進房門，何爸揚揚眉頭，勾勾嘴角笑了笑，像在說：「想不到吧？」的俏皮表情。父子倆的長相神似，只是爸爸更沉穩，氣質也溫柔斯文，與何承熙的調皮直爽很不相同。

「喔……我還以為你跟媽只關心何承萱咧。」何承熙癟癟嘴，靠著枕頭坐起來，滿眼不相信，趁機撒撒嬌。

「怎麼可能。我們倆是怕你一個男孩子，不好意思讓我們關心。」被他說得失笑，何爸搖搖頭坐到兒子身邊，伸手把另一罐可樂遞過去，一副要深夜常談的架式：「怎麼啦，和于絜吵架了？」

「……怎麼開口就是宋于絜啊。」

抓抓腦袋，被看破的感覺確實讓何承熙既彆扭又傷自尊，但也沒法否認，只得嘀嘀咕咕地接下可樂，忿忿地打開喝上一口，再抬頭看一眼窗口——下弦月的月色朦朧，又被雲層遮去大半，把對面的窗打出一片反光來，看不清裡面的人到底睡沒睡。朦朧的月光把半遮，最後又被烏雲掩住。外頭變得昏暗一片，什麼都再看不見。

何承熙忍不住想，他果然還是不喜歡夜晚，更喜歡晴空萬里的早晨。

「你和于絜這兩天沒一起回來，啊你又一直盯著外面看。」何爸了然於心地笑出聲，「這次又打賭輸了？還是……嗯，讓我想想。」

故作思考模樣，他托著下巴思考一會，眼睛朝人瞟了瞟，語尾延長片刻，才出聲提點他：「于絜交男朋友了？」

「沒有。」反駁得飛快，何承熙下意識立刻開口，聲量都放大。他猛地就回答，等回過頭看親爸含笑的表情時，才意識自己好像反應過大了，只好又吶吶地坐回去，「……但可能也快了。」聲音一下子又變小，他囁嚅地補充。

腦子裡一下就出現宋于絜和陸子昱的背影，他撇撇嘴，心情又悶悶不樂。

那天的最後，他在送蘇蔓欣到保健室後沒有多作停留就匆匆跑回去，但宋于絜已經從社團早退，他回去時，她早就回了教室。後來好多天，對方就有意無意地一直避開自己，他想過要去問，話到嘴邊又停下來，隱約能猜到是那天他先揹了蘇蔓欣去保健室，可又沒想透自己哪裡做錯了，況且——

關心她，好像已經不是自己該做的事情了。

他心裡很矛盾，又不明白自己的矛盾，幾天下來，每次見到她們倆都心情複雜，就連晚會表演當天在舞台下看見蘇蔓欣歡呼尖叫地誇自己，好像也變得沒那麼開心了。

好像——又忍不住更在意表情雖然沒事，但明顯肯定心情還不佳的宋于絜。

到最後，他乾脆一見到她們倆都先跑遠點，免得自己又心情錯亂。

「于絜有人追啊？她喜歡人家嗎？」偏過頭去看他自己都不知道的沮喪表情，何爸還是笑得溫溫和和，聲音也和緩，「要是對方不錯，高中談個戀愛，其實也沒什不好。承熙，我聽說你也有喜歡的女孩子了？」

「我……」哇，何承萱那個大嘴巴，不知道又從哪聽到八卦把他賣光光。

明明親爸問問題溫柔又耐心，何承熙卻感覺自己像被整個攤開來，無所適從又失措。腦袋本來就亂七八糟，這下乾脆抱頭把髮絲都抓亂，可樂放到一邊，他人就直接往床上一攤：「我不知道，爸，我覺得這些事情都好煩！」

喜歡和不喜歡，他向來想得都很簡單，有好感想親近那就當當朋友，那不就是喜歡嗎？現在事情都變得好複雜，蘇蔓欣確實是自己會喜歡的類型，也很可愛，他看見她也很高興，但自己對她根本沒想那麼多，更不明白為什麼——宋于絜好像會因為蘇蔓欣不開心。

他那天後還發過訊息和她解釋半天，說可能是誤會、又說蘇蔓欣和她朋友應該不是故意的，但宋于絜反應始終冷冷淡淡。後來要是在走廊上碰見，如果是自己一個，她還會看他一眼，他要是跟蘇蔓欣一起，她就一眼也不看了。

好像隱隱有答案，又讓他好混亂。

像在電影院碰見那天，她看見她和陸子昱好親近，對他笑，何承熙總覺得心裡悶堵。可轉念一想，之前何承萱有人倒追時，他好像也是那種反應和心情……

……難道宋于絜也怕他被騙？不會吧？

「承熙。」

何爸看何承熙躺在床上一臉放空的模樣，便溫聲打斷自家兒子的胡思亂想，男孩子的心思一向簡單，何爸太了解他，給了他片刻時間思考，才又開口，「你有沒有想過，想成為情侶的喜歡，和朋友的喜歡，是很不一樣的？」

「我知道啊。」鼓起嘴立刻回話，何承熙想反駁自己不是笨蛋，張張嘴又說不出個所以然來。

「就……情侶是像你跟媽，朋友是我跟宋于絜……」

「朋友之間一般來說，不會因為對方和誰要戀愛而心情很差的。」還是沒忍住地笑出聲，何爸接住他強硬反駁的尾音，搖搖頭，笑得很無奈，「情侶的話，你會擔心對方會不會生病，會不會傷心。見不到時會想，她在做什麼呢？好像短短時間沒見到，就會又想見到對方。」

像在回憶，他思忖地一邊說，一邊觀察兒子的表情，說到最後，臉上的笑容又溫柔起來：「我就是這麼發現我喜歡你媽媽的。」

「……」啊，狗糧。

何承熙眨巴眼睛，覺得被親爸說這番話時的溫柔語氣給激得渾身雞皮疙瘩要掉滿地。他家裡爸媽關係確實好得過分，他也有想過愛情的樣子會是那樣，當然也嚮往，但好像卻沒真正想過愛情應該是什麼樣子。

要說想念……宋于絜在他身邊一直以來都太理所當然了。他晃晃腦袋，又往對面看一眼。想念是個什麼概念呢？他現在確實在想，她到底在做什麼——到底在生什麼氣，為什麼不和自己說話？要說蘇蔓欣，「想」就完全沒有，只是見到她在旁邊就挺開心，畢竟——他想了想，那畢竟沒人會不喜歡和可愛漂亮的女孩子坐隔壁嘛。

「那你跟媽……又不是從小認識，當然認知得快了。」嘀嘀咕咕地翻了個身，他沒想太多，逕自開口吐槽，想想又發現不太對，趕忙再翻身回來補充：「我對那個——那個女同學也是，我其實只是覺得她長得可愛而已，其他的沒想多啊。爸，你說人就不能不談戀愛啊？」

煩惱太多，最後乾脆什麼也不去想，戀愛好麻煩、愛情好麻煩，為什麼不能永遠維持原樣就好？他一頭短髮亂成鳥窩，兩張臉在腦子裡來回盤旋，最後乾脆甩了甩頭，把這些雜念拋開。

「也不是這樣。其實你還小，想這些是有點為難你，承熙。」看他耍賴看得笑出聲，何爸笑笑伸手揉揉他腦袋，想想他才將近十八，要這麼早想這些問題，是有點難了。不過……

「但是……像你想的那樣的話，有人會傷心。如果對方傷心了，可能就再也不會回來了。」

何成熙愣愣。「不會回來？為什麼？」

傷心嗎？為什麼會傷心呢，他皺眉苦思。是宋于絜會傷心嗎？還是蘇蔓欣會傷心？他心想女孩子怎麼總是這麼早熟，讓人好難懂。

「慢慢想就好，也不用急著長大。」看他表情更困惑迷茫，何爸笑了一下，再拍拍他肩膀，「對想保護的女孩，和想保護妹妹的心情不一樣。承熙，你可以想想，誰的身邊如果出現了其他能保護她的人，你會更傷心？」

可樂不知不覺中就喝光了，何爸說完後便無聲無息離開房間，留下他連一半都還沒喝到的可樂罐。

何承熙把自己埋進被子裡沉思。他平常確實不喜歡被關心，尤其是這種對他而言過於芝麻蒜皮的小事——從小神經大條，對感情懵懵懂懂，何承熙一直都只是遵守家裡教會他的、正確對待女孩子的觀念，但他其實從未自己仔細區別其中差異。

月光朦朧，窗口昏暗，對面的燈好久沒有亮起，他握著手機，停留在和宋于絜的聊天窗口反覆翻轉又摁滅。

可樂的氣泡都被空氣消滅，像青春期起伏的紊亂心緒，如此難以捉摸。

♡　♡　♡

「——考試結束，收卷。」

最後一門英語考完，英語作文在一片哀號聲中結束，宋于絜早早寫完，神態自若地交上。

好幾天沒和竹馬何承熙說話……倒不是冷戰。她在仔細思考自己是不是應該再倒貼人冷屁股，但偶爾冷淡時，瞥過去又看見大眼睛好委屈，好疑惑，像一條被拋棄的大型犬，忍不住就又有點心軟。

……何承熙，肯定是她命中注定的劫難。

她想，他現在估計正在對著還沒寫完、或者才剛寫完的英語作文，苦惱地抓耳撓腮，表情臭得不行，還要拚命懇求再給他兩分鐘……以前總是那樣。何承熙的英語不好，好多時候還都要靠她給他畫重點。

算了，誰管他，讓他跟他的夢中情人小公主抱怨去——宋于絜暗自哼哼，一邊收拾書包準備離開，才回頭，就看見熟悉的身影匆匆忙忙跑到教室外：

「宋于絜！不准走！」

——嗓門之大，讓教室內所有還沒走的、正準備走的，全部齊齊回頭，看向窗外跑得氣喘吁吁的男孩子，又看看她。

宋于絜整個人愣住，腦子裡第一個冒出來的想法是「真他媽丟臉」。宋于絜伸手扶額，她感覺自己的腦袋已經心理性地痛起來。

眼下也顧不上賭氣，她看對方氣勢洶洶，大還有準備再吼一句的架式，連忙抓著書包就快步出門，接著一手用力抓住對方的手腕，強硬地在眾人吃瓜圍觀的表情裡快速走掉——

哈哈，這下明天肯定又會開始流傳，說熱音社大社長何承熙來找她宣戰約架，過不了多久就要相約決戰江湖。她有時候是真搞不懂，怎麼何承熙在這種事情上，神經就大條得像沒有長腦子？

「你有病啊何承熙？在我教室外喊這麼大聲！」

話說得也毫不客氣，她一路快走，把人乾脆抓到樓下中庭，忍無可忍、無須再忍。她本來就還在對他生氣，這下話說出口，語氣當然也不好，怒意掀騰，就差沒真下手把人揍一頓。

何承熙被她吼得委屈，本來也對對方突如其來的冷淡感到莫名其妙——他本身脾氣也不是太好，差點一不高興就要跟著兇回去對罵一頓——

但對方是宋于絜，他才看過去，氣勢已經先弱了一半，又想著自己這次明明是來化解誤會的、不能生氣，只好更委屈地癟下嘴，嘀嘀咕咕：「……不是，我這不是怕妳又走掉，或是裝作沒看到我……」

微微鼓著臉皮，左右歪歪嘴角不甘心的情緒被表情洩漏。他撓撓頭，很虛心地低下腦袋，決定先誠懇認錯：「對不起，我錯了——但是宋于絜，妳到底為什麼生氣，能不能告訴我啊？」

他很認真學習，想想昨晚來找自己談心的親爸，又想想他老爸一向最會應付女孩子，不管是妹妹還是親媽，哪個女生對他性格評價都很好——他記得很清楚，每次面對生氣的老媽，老爸總是開口就先誠懇認錯，再問問出了什麼問題。雖然他學不來那種肉麻又噁心的溫柔語氣，但是態度嘛，還是可以學習一下的。

「……」被他突然認錯給嚇愣，宋于絜眨眨眼，差點以為自己聽錯話。

大直男也會有主動認錯的時候？但她又沒有生氣的理由，兇巴巴的表情一下子弱了不少。嘴唇掀動開闔，她想反駁，又確實希望被看透，最後只好嘴硬地淡著表情別過眼看向一邊，「我沒生氣啊。」

「屁，妳明明就生氣了。」誠懇態度一下子破功，何承熙立刻扯平嘴角吐槽，偏著腦袋、挑挑眉，直盯著人，一副「妳別裝了」的表情：「我又不是白認識妳十七年，妳每次生氣就不理我。但說真的，妳還沒有這麼生氣過，竟然連蛋糕都能不要欸。」

「屁個鬼，誰要你的蛋糕啊。」被反駁得不樂意，宋于絜也立刻橫眉豎目地瞪回去，「我──我告訴你，我再不減肥，下次奶奶來了，要罵我體態不行，你都救不了我。何承熙，我看你給我蛋糕是居心不良，想害我變胖吧？」

「啊？我哪有啊！」被她駁回指控得詫異，何承熙大腦當機，對女孩子複雜的心思一知不解，根本沒想到這一層，只能錯愕地瞪大眼睛指指自己，「我居心不良要害妳──欸宋于絜，一塊蛋糕能變胖多少啊？好吧，就算蛋糕不要，那妳也不能一個禮拜都不理我吧？」

「就是會變胖！」決心要口是心非到底，她憋著一股氣，說話都理直氣壯起來，聲音也放大，「而且我是忙著複習期末考，根本沒空理你好不好？」

「……屁咧！妳明明就在生氣，以前期末考妳還會找我一起複習！」被她這麼一大聲，他也跟著大聲起來，又奇怪又委屈，人還跟著往前湊，好像想要把她的表情看得更清楚一點。

「哈，複習？」他這一兇，她胸膛就更挺，回懟的語調更有底氣，「我上次被盯你又不是不知道，我哪還有空找你複習──而且你自己不會複習啊？何承熙，你這麼孤單不會找你新同學順便培養一下感情啊？」

「跟新同學什麼關係啊？」何承熙莫名其妙地皺起眉頭，終於察覺到不對勁，回嘴的語速也慢下來。早在猜測對方不高興的原因和蘇蔓欣有關，但一直沒想到能跟蘇蔓欣扯上的理由，他聽她這一說，開始聯繫思考，靈光一閃，終於把線索都連上：

「喂宋于絜，妳不會是以為……我那天是相信妳欺負了蘇蔓欣吧？」

「我……」

答案算得上正中紅心，宋于絜一時語塞，沒法反駁，難得地結巴半天，一句話突然都吐不完整。

……雖然還有很多複雜理由，但她確實是這麼認為的。

可是「因為喜歡他所以希望不希望被他誤會」──這種話說不出口，加上要她承認自己因為這點小事情生氣也未免太丟臉了……「我沒有。」不想拉下臉皮，她只好繼續沒什麼說服力地蒼白反駁。

「不是，喂，妳也把我想得太笨了吧？」一眼看出她等於變相承認，何承熙受不了地吐口氣，站回原地，盤起手，只覺得好氣又好笑，「宋于絜，我十七年白認識妳的？妳會不會幹那種事，我能不知道啊？」

語氣終於平穩回正常音量，他扯扯嘴角，想了想，乾脆再無情補充一句：「妳哪有那種能耐？妳啊，沒被欺負都不錯了。」

……死幼稚鬼，最後這句可以不補。她被噎住，終於找不到理由再裝死。「我沒這麼說。」

面子被扯光，宋于絜臉色也擺不住，只好摸摸脖子裝作抓癢，垂下眼睛，說話都少有地囁嚅起來。

「但你那天不是……不是還帶人家走了，把我丟在那啊。」

語氣都不自覺帶點委屈，她不敢看他，只好裝作隨口一提的語氣，焦慮畫圈的腳尖卻輕易出賣自己。

「那是因為她扭傷了啊。我是怕她剛來，在熱舞社沒什麼男生朋友，不好求救。」何承熙撇撇嘴，「而且她那時候扭傷這麼嚴重，讓那些平時喜歡造謠她的女同學扛她下去——或者讓剛被人誣賴的妳帶她去，都不實際吧？」

合著理由還挺多、挺充分嘛？宋于絜抿住嘴。

「……那你還挺貼心啊。」

這麼貼心，我腳扭傷的時候你怎麼就不在？她在心裡無意義地遷怒，委屈低落的情緒一下把生氣都掩蓋住，心裡難過，嘴上還不饒人，但氣實際上已經消了大半。

「廢話，現在才知道我貼心啊？」何承熙得了便宜就賣乖，噘起嘴巴哼哼，表情立刻變得臭屁起來，指控的底氣都越來越足，「我送她下樓後就回去想找妳，誰知道妳就跑掉了，還接著一個禮拜都不理我！」

宋于絜有點意外。她以為他當下只顧著他的心上人，沒有想到他原來還想起自己，終於抬起頭看他，冷冷淡淡的表情也有點鬆動——

「何——承——熙——」

兩個人還在中庭進行「小學生爭執」，女孩子清亮的娃娃音響亮地傳來，伴隨快速的奔跑聲，一下子把氣氛打破。

聽見熟悉的聲音，何承熙困惑地轉頭看過去，就看見蘇蔓欣從樓上小跑過來，大眼睛眨眨，笑出一口可愛的小兔牙來，「你們在這幹嘛呀？哎，美女社長也在？哇——你們不會是在，偷偷約會吧？」眨眨眼睛左右看看，表情鬼靈精的，她笑嘻嘻地開口打趣。

而何承熙下意識就快速地開口反駁，順著後退一步，莫名慌張地擺擺手：「啊不是，我沒有、我跟她約什麼會啊！」

——其實宋于絜本來也想反駁，但見到對方撇清得這麼澈底，她一瞬間又有點受傷，剛剛才緩和一點的臉色又微微沉下來。

蘇蔓欣來回看了看兩個人之間的微妙氣氛，意味深長地勾勾嘴角，「哎呀，約會就約會嘛……」故意咧著嘴，露出曖昧笑容，她看他還有要回嘴的意思，馬上就嘟起嘴來賣可憐：「何承熙，我只是開玩笑啦，你怎麼說話還兇巴巴的哎。」

本來就對可愛的女孩子沒輒，何承熙注意力都被吸引走，都忘了剛剛自己在爭論什麼，只顧著要對人急忙解釋，「欸不是——我哪有兇啊，蘇蔓欣，妳別亂栽贓啊！」

立刻癟下嘴，蘇蔓欣低了低下頷，抬眼看人哼哼。「不管啦，我被兇到了——為了補償，寒假你要出來陪我。」

「啊？」

被她這要求說得有點愣，何承熙意外地挑起單邊眉梢，困惑撓撓頭，「寒假才放一週，我還要——出來陪妳啊？」

期末考後緊接著難得的一週假期，然後就得繼續寒假輔導，再來才是七天春節假日。準高三生的休息時間本來就不多，更何況何承熙對陪女孩子出門向來沒有興趣……被突如其來的邀請弄得一愣，想窩在家睡大覺的美夢根本捨不得破碎，他回答的表情也為難起來。

「對呀！有一週耶。」蘇蔓欣點點頭，跟著伸手抓住他背在側肩的側背書包撒嬌地輕拉，「好不容易放假一週你還想窩在家呀？走嘛，一起出門呀，下禮拜有好多上映的新電影——」

宋于絜已經被直接晾到一邊，一方面在心裡埋怨起笨蛋竹馬見色忘友，一方面又忍不住羨慕起，眼前的女孩子邀請約會也這麼大方，撒嬌的語調又軟又可愛……換作是自己，一定也會心軟。

男生怎麼可能不喜歡這樣的女生啊？她想。

處境有點尷尬，直接走掉又可能被誤會是在生氣，她打算乾脆裝沒事地滑手機，結果才把手機從口袋拿出來，就突然被人一把抓過去：

「不行，我剛剛……對，我剛剛其實已經跟宋于絜約好了，我們寒假要去圖書館自修檢討考卷！」

實際上和另一個人想的根本不一樣，面對邀約只覺得尷尬又不自在，何承熙不會應付撒嬌，靈機一動，乾脆一把握住她雙肩，一邊說，一邊把人拽過來放到身前擋刀。宋于絜被他抓得莫名其妙，轉過頭，皺起眉頭來想反駁罵人，又被他握緊肩膀，更大聲地蓋過她的氣勢，「對不對宋于絜，妳不是擔心寒假的模擬考嘛？」還附上瘋狂眨眼使眼色，深怕要被拆穿。

白痴，好像眼睛抽筋。宋于絜橫了他一眼在心裡吐槽，ＯＳ全寫在眼睛裡。但他為什麼拒絕約會？他不是喜歡蘇蔓欣嗎？

「真的呀？那——」蘇蔓欣聞言眨眨眼，只覺得更有趣了，毫不在意地就踏步湊上前一步，「那正好呀，我也跟你們一起去複習！美女社長、帥哥同學，我不會吵你們啦，你們不會拒絕我的吧？」

她彎彎嘴角，笑容甜美，一連串的嬌嗔無懈可擊，加上撒嬌攻勢就更讓人難以抵擋，讓兩個人一時間都沒法拒絕。何承熙只好認了，一邊吐槽自己幹嘛給自己挖坑，一邊心不甘情不願地答應下來：

「啊……好吧好吧，那就一起去圖書館……」

宋于絜下意識回過頭瞅何承熙。

她看他好像答應得很猶豫，卻忍不住想，對他來說，他果然還是更喜歡這種類型的女生，不管蘇蔓欣說什麼，他最後大概都會答應吧。

可惜她永遠學不會服軟，更學不會像個小女生一樣溫柔撒嬌。

Chapter 7 • 賭氣是幼稚鬼行為，我是生氣！

宋于絜想也沒想到，會在這種時候，面臨對自己而言這麼尷尬的窘境。

……雖然有一半還是她自己造成的，她現在還有點後悔，抿著嘴，頭疼地按著太陽穴。寒假開始的第一天，她依約坐好在圖書館裡。本來應該吹著免費冷氣、好好安靜讀書，結果現在——她右邊坐著陸子昱，前面坐著何承熙，斜對角還坐著蘇蔓欣。奇怪的氣氛在蔓延，幾個人的目光不斷互相交錯試探，再配合上圖書館限定的安靜氣氛，尷尬得讓人腳趾能摳出一棟房。

「學姐，我這題有點不太明白，能不能問問妳？」

才翻開物理自修準備做題，她想忽略掉旁邊這些亂七八糟的東西，陸子昱就小小聲地朝她開口提問。

她轉過頭，餘光能瞥見何承熙好像有意無意地朝她看過來，也不知道是不是錯覺……

要說陸子昱為什麼會在這裡，那就又得從頭說起。

期末考結束當天，小公主看他答應後，高高興興就蹦著腳步往校門口離開，留下了滿臉懊悔的何承熙和她。她心裡一邊酸，一邊還要轉頭打趣：「哈，何承熙，最後還是栽在小女生身上嘛。」

何承熙不甘願地回看她，撇撇嘴，「那妳還不是也沒拒絕啊？算了，反正也只是口頭答應，不一定非要出去……」

結果晚上他就被蘇蔓欣從LINE上問話：幾點？什麼時候？哪個圖書館？

宋于絜的假期本來也確實要繼續讀書，家裡對她成績盯得緊，寒假輔導又還要考模擬考，但本來在家好好唸書就好，只是遭不住何承熙又哭喪著打開窗戶來求救。她很奇怪，問他和人家兩個人去不好嗎？男孩子大眼睛眨巴眨巴，趴在窗台上，很委屈地癟著嘴搖搖頭，說不想——萬一被拉出去逛街怎麼辦？就非要她一起去附近圖書館一起做個戲。

好吧，何承熙救她的次數可多了，她欠他欠得多，幫一次也沒什麼大不了。

「反正在班上她也不喜歡唸書，應該去一天就膩了吧？」

宋于絜瞇著眼冷笑揶揄：「我看你也不喜歡，半天就該在圖書館睡死了，說不定還在裡面打呼。」

「我才不會，那是妳吧宋于絜！」

何承熙本來就不是乖學生，好成績一半靠天賦，一半靠抱佛腳，再加上上課還算認真，筆記也沒少做，所以一向考得還算不錯，但其他時間除了寫擅長科目的作業，就幾乎都在玩樂和睡覺，是標準的偏科大王。

宋于絜太懂他，知道他假期不是睡覺就是打遊戲，最多出去和林江一群人打打籃球或練練樂團——於是果不其然，約好上午九點圖書館前碰面，隔天何承熙直接睡過頭，九點整還賴在床上，被她按了門鈴，才被何媽從床上攆起來。

懶得等他，宋于絜收拾好就先行離開，還沒進門，就正巧遇到也剛好剛到圖書館的陸子昱。

「學姐？妳也來看書嗎？」眼睛一下子睜大發亮，小學弟背著看來就分量不輕的側背包，眼神透露意外和欣喜。

「對。」宋于絜也有點意外，笑了一下，開口和對方打招呼，「沒有社團課就感覺好久不見。考試考得怎麼樣？欸，對了，晚會表現得不錯啊。」

「謝謝學姐。考試考得還可以，但是我數學物理不太好，這次英文作文題目又出得好難寫……」他不好意思地撓撓頭，笑得有點憨傻，看了看她，心想幸好今天來了這裡，就跟著暗下決心，「學姐，自己來的嗎？」

「來了來了來了——哎宋于絜，妳怎麼都不等我的啊，很過分欸！」

陸子昱才問出聲，後面何承熙就匆匆忙忙又氣喘吁吁地一路狂奔大喊過來。頭髮睡得亂七八糟，被他一晚上壓得像雞窩頭，他衣服都沒穿好，襪子還穿錯一隻，看起來狼狽又滑稽。

宋于絜的視線被他聲音吸引過去，一看，樂得大笑出來，隨即後肩又被拍拍．轉回頭去，就看蘇蔓欣紮著雙馬尾辮，毛衣是可愛的愛心圖樣，不怕冷的短裙配上長靴露出大白腿，她眨眨圓圓的大眼睛，看起來又乖又可愛。

「嗨，美女社長宋于絜，啊，何承熙——太好啦，你們都才剛到呀，我沒來得太晚吧？」然後目光再移向何承熙，眼睛眨了一下，立刻跟著大笑出聲。「哈哈哈哈……何承熙，你的頭髮怎麼睡成這樣？大帥哥，不要浪費帥臉！」

「不許笑！我怎麼知道昨天睡覺就成這樣了，喂妳別笑我蘇蔓欣！」

陸子昱一下子就明白過來狀況。眼睛始終盯著心儀的女孩子，他看著她眼睛裡流洩出來的落寞，垂了垂眼睛，再牽了牽嘴角笑：「學姐，我也能跟你們一起嗎？我剛好有些題目不太懂，想問問學姐。」

宋于絜目光被他問話拉回，何承熙也一下子看見了對方，瞪大眼睛，向前兩步，張口就不怎麼客氣地問出口：「你怎麼在這裡？」

「子昱剛好也來圖書館囉，你對人家客氣點。」她上前一步打住他們倆之間莫名橫生的火藥味，無奈地嘆口氣。說不清是一時賭氣還是什麼別的心情，她再轉過去看看學弟，這次回答得特別乾脆，「好啊，那我們一起吧。」

——於是就這麼成了四人行。

從無奈中回神，她聽見對方問問題，側過目光，看小學弟表情語氣乖乖巧巧的，自修上的字跡整齊乾淨，開口的語氣也很認真……她再稍稍側過臉，看另一邊前方的何承熙正百無聊賴地咬著筆，手托著臉在桌面上撐著發呆，一副不學無術的模樣，實打實的驗證一句話：沒有對比、沒有傷害。

感受到世界的參差，宋于絜嘆口氣，湊過去看了看對方問的題目，認真看過一遍後，才拿起筆仔細解答：「哪一題，這個嗎？你這題，這個力學算法不能這樣解……」

何承熙一待在太安靜的地方就容易坐不住。以往到圖書館，他一般不是看漫畫就是戴耳機打遊戲，但這次偏偏是他自己說要來，他自己的提議，要是還自己在圖書館靜音玩手遊那也太沒面子。但要裝認真讀書……

一低頭看密密麻麻的文字，再加上冷氣和安靜氣氛烘托，他就更想睡覺。

半瞇著眼睛瞌睡，他打盹地托著臉點頭幾次、再被迫清醒，一抬起眼睛，就看見前面兩個人挨在一起，在限定安靜的氛圍裡細聲細語地討論，看起來就像在說悄悄話。

——很上火，很上頭。

感覺腦子裡有什麼「噌」地一下竄上來，像芥末烘在鼻尖，倏地薰上鼻根往上衝，又嗆又辣。

「哈囉——何承熙大帥哥？」

毛衣長袖幾乎蓋住手背，小手揮揮，蘇蔓欣腦袋探過去，他的眼前一下子冒出一顆腦袋和一雙大眼睛——好像兔子。他被她弄得一愣，眼睛都跟著驚嚇瞪大，差點要往後蹦——那不行，這裡是圖書館，會吵到人，太丟臉。

於是立刻回神過來，他責怪地盯回去，正想問人幹嘛突然冒出來，對方眼神又變得委屈巴巴，然後用氣音出聲，擦過唇膏的嘴唇粉粉嫩嫩地嘟起來。

「我剛剛喊你好多次，你都不理我。」大眼睛眨呀眨，她很可憐地側湊過去趴在他桌前，看他回神，才又高高興興坐好，語氣又撒嬌又狗腿：「大帥哥，我數學不好，寒假作業這題我不會，麻煩一下你教教我啦，好不好？」

「……噢，行啊。」何承熙聳聳肩，對這種撒嬌攻勢還是完全沒有辦法。

畢竟他身邊雖然很多異性，但遭遇的大部分是母老虎型，包括親妹妹在家也從來不可能對他撒嬌……但好微妙，他想。一開始碰上蘇蔓欣，他還會有種新奇和快樂帶來的保護欲，但現在——

餘光落在正對面，他被竄出來的想法嚇到，連忙撇撇嘴，連忙在心裡大呸三聲。不對，他最近到底發什麼神經啊！

輕哼兩聲，把自動鉛筆從嘴巴上拿下來，還耍帥地在手上轉了一圈，他才挑著眉頭，稍微傾過身去和對方講題。他一轉移注意力，剛給學弟解答完的宋于絜也把目光投放回去，目光凝駐幾秒，下意識地輕輕抿了抿唇。

好配啊，她想。

她輕輕地從鼻間吁口氣，用筆頭敲了敲太陽穴，晃晃腦袋，讓自己不要再想多，強迫地低下頭，想了想，再插上耳機，重新投入專注作題的世界。

四個人大概九點快半才會合，圖書館就開在學校附近一個公車站的距離，附近還算熱鬧，寒假也有好多小吃攤，越靠近中午，附近人潮就越熱鬧。音樂果然很有助於讓人專心，等宋于絜因為肚子餓而再回神從題本裡抬頭時，就看見坐在正對面的人已經趴在桌上睡了個正香，就差沒打呼——

幸好這傢伙不會打呼。她在心裡吐槽，表情嫌惡。

「學姐，肚子餓了嗎？」

一見對方插上耳機就沒再叨擾，陸子昱很能看臉色，一面認真寫題，一面偷偷關注，餘光一見她有動靜，就抬起手錶看了看時間，再小聲地湊過去問。

他喜歡的女孩子那麼優秀，他當然也要努力跟上，才有資格站在她身邊。

「是有點餓。」被戳穿心事，宋于絜不太好意思地笑了一下，往後伸了個懶腰，椅子後挪的動靜把意外淺眠的對桌喚醒。「怎麼樣，還有沒有什麼問題？如果是我擅長的，還可以幫幫你。」

「是有幾題看不太懂的，我有整理了一下，等等學姐有空的話……那就麻煩一下了。」陸子昱也跟著笑笑，順手把題本合上，「學姐要不要吃麵？今天有點冷，我知道這附近新開了一家很好吃的牛肉麵……」

「喂喂喂，我也餓了。」

剛從睡夢裡醒來的何承熙還有起床氣，數學自修本被他睡趴得皺巴巴，開口的氣音還有剛睡醒的惺忪迷糊——一看見對面兩個人居然在高高興興討論，他氣也憋不住，一下就不樂意地開了口，「我也想吃牛肉麵。」

宋于絜好氣又好笑地橫一眼過去。「就知道吃，聽到吃了才醒。何承熙，睡多久了，你是來讀書的，還是來睡的啊？」

「妳管我，反正我現在餓了。」何承熙也不甘示弱地回嘴。

「你餓了干我屁事？兇屁兇啊你？」

「就干妳屁事！幹嘛，妳跟學弟吃牛肉麵，我就不能吃啊？」

「哎——但是我好想吃義大利麵，這附近有沒有呀？」

還不等這陣大音量而無意義的鬥嘴把管理員引來，就被女孩子柔軟的聲音打斷，蘇蔓欣把正在被自己蹂躪塗鴉的寒假作業放下，睜著圓眼睛往前趴，來回看了看三個人，娃娃音就算降低音量也格外明顯，「好不好嘛，兩位大帥哥、這位大美女，我好餓，好想吃義大利麵嘆——」

「……」

撒嬌表情正中某兩個不堪甜妹攻勢的人的紅心，除了對面毫無所動的陸子昱，兩個人表情一下子軟了下來，立即停止幼稚互罵。

「我知道有間店還不錯吃。」宋于絜率先挑了挑眉頭，表情還帶得意，她朝正對面的何承熙笑了一下：「何承熙，你吃你的牛肉麵去，我帶蔓欣去路口那間咖啡店吃義大利麵。」

陸子昱也不尷尬，跟著大方地笑笑開口接話：「好啊，學長吃過那間麵店嗎？」

一搭一合，一說一唱，還挺默契。

何承熙一面啞口，一面又愣頓，只好在剛起床還呆滯的精神下被安排妥當。

女生和男生兵分二路買午餐，再盤算到麥當勞買杯飲料坐著慢慢吃。四個人在門口暫時道別，何承熙一出門就被北方城市冬天刺人的冷風吹醒，頭髮被吹成鳥窩頭，手也縮進外套裡，讓人冷颼颼地直皺起眉頭來。

本來慢吞吞地走在陸子昱身後跟著，他晃了晃終於清醒了一點的腦袋，抬起眼睛就能見到對方比他稍矮的髮頂，本來從見面就一直充斥的敵意瞬間被一點微小又莫名的滿足感稍稍填滿。

還不是比他矮嘛。他有點得意，才拔腿追上對方並肩。

「學長跟于絜學姐，是從小一起長大的嗎？」

一路上沉默太久，陸子昱為喜歡的女孩不高興的情緒還在蔓延，又知道自己沒資格生氣，要壓抑情緒保持禮貌。但少年人憋不住話，他低頭想半天，還是忍不住側過頭，試圖開口問出聲。

「啊？」何承熙還沉浸在自己的小得意裡，被問到這事——那就更加得意，眉梢輕揚，就差鼻子沒翹起來。「對啊，我們爸媽是大學同學，我跟她從小就住隔壁，一起長大。」

「那……學長跟于絜學姐關係一定很好吧。」不太意外他的回答，陸子昱頓了頓，語句稍停，目光在他身上轉了轉，又望回前方直走，半晌開口道：

「我很喜歡于絜學姐。」

被他突如其來的直球給說愣，何承熙一怔，瞪大眼睛轉過頭看他。

照理來說，他喜歡宋于絜跟自己應該沒關係……不過從他們認識以來，自己干涉得……確實有點多，他好像也沒資格照著這個思路回話。但他突然跟自己說這些是幹嘛？宣戰？

……不對，他喜歡宋于絜跟自己什麼關係，宣戰幹嘛。

「我從還沒入學的時候，就看見學姐的表演，被她在舞台上的樣子吸引了。」餘光能瞥見他反應，陸子昱一邊思考，一邊繼續說話，「後來更認識學姐，就越喜歡她……學長，其實于絜學姐看起來很厲害，心裡還是很敏感細心的女生，也很容易傷心的。」

他說到最後，才把目光再移回看他，眼神探究又認真。

何承熙則越聽越莫名有種不爽。

感覺像明明是自己更了解的人，卻被別人告知他更了解她——像最喜歡的糖果要被搶了，他心裡彆扭，於是堵著氣也要梗著脖子直說：「我當然知道。」

他知道嗎？他知道怎麼還會那麼做？陸子昱眼神複雜，張了張嘴，話到嘴邊又收回去。所以，他真的一點也不喜歡她嗎？但是他對自己表現出來的敵意，明明不應該是這樣——同樣作為男人，他以為他應該看得夠清楚。

但不管怎麼說，如果真的是這樣，那他也不會客氣了。

「所以我會對學姐很好的。」

在何承熙話落後，他沉默許久，往麵店的方向一路走，好半天終於才開口說話：「我會努力追上學姐的腳步，把所有的好都給她。」

噢，合著是見家長宣誓來了。

在心裡一直認定宋于絜對自己而言的位置應該是家人，何承熙以為他聽到這句話應該對對方稍稍放心，可是他好像只是更鬱悶不爽。

好奇怪。

轉過頭去，他看對方眼神真誠，語氣也認真，倒不像是隨便說說的樣子……但卻有種莫名被挑釁的不快。

「……那你去和她說啊，看她答不答應讓你對她好，跟我可沒關係。」撇撇嘴，他裝作不在意地左看右看，走到麵店前一邊抬頭看看招牌上的菜單，一邊漫不經心地回頭看人吐槽，「跟我說有什麼用啊，你和她表真誠去唄。」

明顯情緒化的用詞，一看就口不對心。

猜到對方肯定心裡藏事，但陸子昱自覺不算是個脾氣好的人，更沒有給人當助攻的習慣，他被對方稍衝的語氣說得也有點不樂意。若有所思地抬起臉，他看了眼菜單，再回頭看了他一眼，表情淡淡，平常的招牌乖巧笑臉也不見蹤影。

「那我就當作學長不打算爭取了。」開口，他皮笑肉不笑地勾了下嘴角。

何承熙也被他這話說得一愣，嘴巴開開地想說點什麼，又好像挑不出對方什麼毛病來，只覺得氣不打一處來，莫名就很想揍人。

「……爭取個屁啊，神經病。欸老闆，一份牛肉麵！」

——目光相錯，電光石火。方圓十尺內，兩個人附近點餐的客人都能感覺火藥味濃厚，自覺倒退十米開外，彼此面面相覷，只覺得現在的孩子真的好奇怪。

♡　♡　♡

「哇——這上面看起來每個都好好吃噢！也太難選了吧——」

另外一邊咖啡廳，宋于絜拿著菜單放在窗邊高腳桌上攤開給兩個人翻閱，餘光不時回頭瞅瞅，又被女孩子生動的表情逗笑。

「我來過幾次，他們家海鮮跟紅醬都不錯。」在菜單上指指給對方指路，她笑出了聲。

「真的啊？那——我就點這個海鮮的！」蘇蔓欣也從善如流，下定決心一樣地握拳決定，眼睛眨眨，好奇地歪頭朝人看過去，「哎，美女社長——小絜，妳跟何承熙也經常來這裡呀？」

被她突然提到的名字給說得一愣，宋于絜闔上菜單的手一頓，垂著眼睛怔了怔，片刻回神，就見她大眼睛亮晶晶地看著自己，對上目光後，反射地笑得又甜又可愛，「我之前有聽說小絜是跟何承熙一起長大的嘛，所以就想問問，就是……何承熙都喜歡吃什麼，妳知不知道哇，小絜？」

「他……」被這一說，宋于絜一下子舌頭都打結。理智告訴自己應該回答，感性上卻什麼話也不想說。她張了張嘴，表情都僵硬，頓停半晌，才回以禮貌笑容出聲，「他……不太吃西餐，不太常來這裡，我一般都和我朋友來。」

笑得有點抱歉，她好半天才對她回答。

「這樣喔……」蘇蔓欣則明顯失望地垂下了眼睛。

「但是他——他每次來這裡都喜歡點奶油。」

最看不得小女生失望的臉，宋于絜立刻覺得良心很痛地連忙開口補充，「何承熙那個人啊，口味就像小孩一樣，什麼奶油蛋黃薯條炸雞，都是他最喜歡的。」

「真的呀？那也蠻可愛的嘛，大帥哥像小朋友。」聽見她的話勾勾嘴角，蘇蔓欣捧著臉笑了一下，「那等一下去麥當勞，給他點一份薯條好啦！嗯，但是我看這裡的聖代也不錯欸，好可惜哦，要是他們也來這裡吃就可以點，帶走的話等一下就融化啦……」

宋于絜一邊聽她說，見她笑容燦爛又甜蜜，心裡又發酸，像檸檬被擠出果汁來。她一邊暗罵自己口不對心，明明沒辦法真心祝福，還要裝成知心姐姐，虛偽又做作。

女孩子還對她這麼真誠……她這種嫉妒的小心眼，真的好不應該，明明一點資格也沒有。

「那我去點單啦，妳在這裡等一下。」吁了口氣，她朝正在絮絮叨叨的人笑了一下，逃離一樣地拿著菜單獨自就往櫃台走。

「那好，等一下我再把錢給妳噢——」

女孩子在大冬天也愛漂亮，本來長得就可愛，化上淡妝，加上小短裙和浪漫微卷的長髮，隔著落地窗遠看也足夠引人注目。宋于絜去排隊，她就坐在窗邊百無聊賴地等，兩雙腿懸空著在椅子上晃晃，不時往窗外探看——男生們從牛肉麵店往麥當勞的路上會經過咖啡廳，蘇蔓欣不斷往外看，直到終於見到疑似何承熙的身影，就連忙跳下高腳椅，跑出門外去。

「何……」

「欸——正妹，哪個學校的啊，能不能認識一下，加個LINE？」

原本打算蹦起來揮揮手，三個早在外面看她許久的隔壁職校男生卻圍上來堵在面前，一下子把她視線擋住。

她眨眨眼，愣了愣，歪頭笑得很無辜，「你們是……」

何承熙和陸子昱買完麵，前往麥當勞的路上安靜並立而行，表情都不太好看，氣氛尷尬得像下一秒就會打起來。心情正不愉悅，嘴還翹得老高，何承熙抬起眼睛就瞅見蘇蔓欣從門口跑出來。一眼就看見，他正想打招呼，順便脫離一下跟學弟的奇怪氛圍，一眨眼睛，就見三個男生圍上去把她給擋住。

什麼情況？

他皺皺眉，愣了一下，當即加快腳步朝她方向走去。

因為他們學校禁止染燙髮，除了蘇蔓欣這樣擦邊的勉強能過關以外，三個男孩子的頭髮又金又棕還有藍，一看就是隔壁職校的。

幾個男生其實也沒惡意，打扮雖然花枝招展，但問話還有點不好意思，笑得都比較靦腆——就是個子都高，看起來人高馬大，把本來就稍顯矮小的女孩子擋住，看起來像小白兔誤入叢林，被老虎圍困得瑟瑟發抖。

蘇蔓欣好像有點不知所措，抬著頭，手指從毛衣袖子透出來一點，舉在胸前戳戳，「不好啦，我爸爸媽媽說——在外面不能隨便加人好友，很危險的耶。」

「但是我真的覺得妳很可愛，沒有惡意啦，想說加一下想認識認識嘛。」

「對啦，你爸爸媽媽是怕妳遇到壞人，我們不是壞人……」

站在三個個子目測一七五以上的男生前方，蘇蔓欣眨眨眼睛，還在思考怎麼拒絕好，就從縫隙裡看見朝她快步走來的何承熙。對方皺著眉頭，一看就是誤會她被騷擾——她眼珠子轉溜，靈機一動，嘴角牽揚起來，當即立刻竄到何承熙身邊，一把抓住對方的手臂摟抱，勾出一個甜蜜的可愛笑容來：

「那——你們要先問問看，我男朋友同不同意嘛。」

氣氛凝結。

好巧不巧又好死不死——宋于絜正好拿著打包好的午餐往外走，就正撞見這一幕。

蘇蔓欣抱著何承熙的手臂輕輕搖晃，撒嬌的樣子小鳥依人，加上男孩子濃眉大眼的，本來也長得帥氣，只要察覺不到他整個人其實已經因為女孩子的貼近而整個僵住，一定不會懷疑他們是一對。

——何承熙整個人完全愣住了。

手上貼緊的溫度讓人不知所措，他沒和一個女生靠這麼近過，更何況對方說的話……他皺了下眉頭，正想撇清，低下頭就見她投來求救信號，大眼睛淚汪汪的，看上去很可憐。

……好吧，他否定的話卡在嘴邊吞回。同學有難，就……幫一下吧。

三個男生一見正牌男友出現，紛紛面面相覷，又看對方長得帥，一下都有點退縮。何承熙深吸口氣，張了張嘴，想著要幫人幫到底，只好忍著尷尬，強撐著擺出嚴肅表情，清清嗓子附和出聲：

「對，我——我女朋友不喜歡在外面加人好友，抱歉啊。」

脖子昂得直，他憋著一股氣，手腳都僵硬得像不屬於自己，只能任由著被抱住，說完話才暗暗長舒一口氣。這下幾個男生才終於退縮，撓撓頭，都有些尷尬和不好意思地笑了笑。

「原來有男朋友啊……」

「知道啦——下次正妹妳早說嘛，走啦走啦。」

直到見搭訕的男生終於散去，何承熙趕緊見鬼似的把自己的手從對方手裡抽開來，渾身不自在地抖了抖，到處拍拍，順帶跨步逃離三尺遠——再抬起眼，他才看見宋于絜就站在門口，整個人愣愣的，平常因為眼尾長挑而顯兇的眼睛瞪大，像不敢置信，似乎還有點受傷。

「啊，那什麼，我要不要說一聲恭喜？」

扯扯嘴角，她很快平復情緒掩蓋，拎著兩個外帶的袋子朝三人走近，聳聳肩露出無所謂的笑容，徑直往前走，把蘇蔓欣的那一份遞給她。

目光自始至終都沒再放到何承熙身上，她也不給幾個人開口的機會，偏偏頭，就繼續沒事一樣地出聲：「對了，我想起來我下午還有點事——你們待會自己回去圖書館吧，抱歉啦，我要先走了。」

她心裡難受，自知自己現在雖然還能撐住不哭喪著臉，但要是繼續跟這三個人待著，肯定遲早會露餡，萬一到時候何承熙誤會什麼……她不想和他連朋友都做不成。

雖然只是為了幫忙，可是他回答得好乾脆，她想。

今天如果是自己，他可能會嫌棄得根本不願意說這種謊吧。

勾勾嘴角笑了一下，她悄悄深吸口氣，故作大方地伸手拍拍他肩膀調侃：「好好照顧人家啊，何承熙，我就先走啦。」

話落，她轉身就離開，腳步穩定，到最後一刻還要忍住不能形象崩塌，只留下在原地一臉懵的何承熙，還有表情各異的兩人。

「不是……喂？」皺皺眉頭，何承熙本來想回頭先找蘇蔓欣算算帳，卻被宋于絜突然離開弄得整個人都傻了，愣瞪著眼睛看看宋于絜離開的背影，啞口結巴。雖然對方剛剛看起來沒事，但他總感覺好像該追上去……

另一邊的陸子昱早就焦急得不行，又沒立場說什麼，張了張嘴，也只能全把話吞進肚子裡。宋于絜的身影已經消失在路口，他本來想追上去，但又想現在最該追上去的人根本不是自己——

一側目光，他瞧剛剛鬧出烏龍的兩個人在原地僵立，其中何承熙更還在不知所措地朝離開的女孩子的方向看。心裡一急，他一張嘴，就對著他喊出聲：「學長，你快追過去啊！」

「啊？」何承熙愣怔眨眼，肩膀被推著往前，傻愣愣地開著嘴發出疑惑的單音，這才被動地後知後覺起跑，「哦……哦！」

直到目送何承熙離開去追人，陸子昱心裡才稍稍鬆口氣。

儘管還是很擔心，但宋于絜這時候想得到的解釋和安慰也不是自己能給的……他失落地垂了垂眼睛，嘴唇輕抿。眸光一轉，他倏然見蘇蔓欣也正往兩個人的方向看，挑著眉頭，表情像覺得有趣地哼著歌眺望。

他搖搖欲墜的理智神經一下子繃緊。

「妳是故意的吧？」

「啊？」蘇蔓欣被問話，下意識困惑回過頭，眨了下眼睛反應，有點委屈地嘟嘟嘴，眼裡卻笑意盈盈：「學弟，你對我好兇噢，都不喊我學姐欸。」

「妳是故意的。」陸子昱肯定重述，拳頭都下意識握緊起來，急了眼地上前一步瞪她，「所以妳明明知道……」

「不要這麼兇嘛，學弟。他們是官宣在一起了，還是在貼標籤寫名字說是對方所有物啦？」揚起一張天真又無辜的笑臉，蘇蔓欣歪著腦袋打斷他氣話，眼睛彎彎，嘴角的弧度像狐狸狡詰，「愛情可是沒有先來後到的噢——喜歡，就是要爭取嘛。」

「……」陸子昱咬咬牙，拿她這話沒辦法，只好瞪著眼睛回嘴：「像妳這麼卑鄙的女生，學長也不會喜歡妳的。」

「是嗎？」

笑得燦爛，她故作驚訝，眼珠子打量地轉溜，越看對方又生氣又啞口無言的樣子就覺得有趣。

可是……要是沒有她這麼推波助瀾一下，青梅竹馬劇情這麼平淡，哪裡還有看點呀？

她在離開前踮起腳拍拍對方肩膀，像故意拉近，前傾朝人耳畔湊了一下，聲音壓得又細又甜：

「但是——帥哥小學弟，把機會讓給別人，人家也不會感謝你的噢。」

Chapter 8 • 好吧，原來笨蛋竟是我自己

何承熙懵懵然地循著宋于絜離開的方向追上，但卻意外地沒追到人，在附近溜達了半天也沒找到，最後只好灰溜溜地離開。回家了嗎？他摸摸腦袋，只好一路思考著往回家的方向走，路過小時候經常去的公園，又下意識地停了停，腳步在公園邊口頓駐地回頭看了看。

他這麼一想，他認識宋于絜，好像真的太久了。

小時候他最喜歡到公園裡玩，而她總會屁顛顛地跟在自己身後。

那時候她還穿著宋爸給她配的小洋裝，長長的頭髮紮成雙馬尾，經常跟在他身後辛苦追趕——一開始他們關係其實沒有這麼好。他經常在家裡被爸媽訓斥自己對宋于絜不夠照顧，說他應該好好對人家，他當時很不服，就越賭氣地不想理她。

直到後來有一次在公園角落，他看見她對著一對兄妹發呆，表情呆滯又羨慕，他才聯想到，她可能很孤單。

「以後我就是妳哥哥了！」

「我比你大，應該是我當你姐姐吧。」

他記得自己那時候莫名保護欲爆棚，自認就要擔綱起照顧別人的角色，但其實現在回想起來，有記憶的時刻裡，宋于絜總是照顧他更多。他們從小學到國中都在一個班裡，大到考試時間，小到明天有沒有體育課，幾乎都是宋于絜在幫他記著。

宋于絜像今天一樣那麼隱忍又失控的時候也不是沒有。

國中的時候他也像這樣被清純又可愛的班花吸引，那時後才十三歲，他懵懵懂懂的，只是覺得她好看，就學班上其他男生那樣在打完籃球後去跟女孩子要一瓶水。他記得那時候宋于絜也買了水，見到他沒有走向她後，突然轉身就跑掉，背影看起來脆弱又傷心。

後來他無意在下課時的拐角聽見班花和一群女孩子嘲笑詆毀宋于絜，內容好難聽，全都是莫須有的誇張傳言和惡意稱呼……他氣不過，當即走過去氣呼呼地把女孩子們罵了一頓，把原本長相就清清純純的女生幾乎罵哭，淚眼汪汪地跑走去告狀。

後來何承熙在辦公室被批評教育了一頓。宋于絜那時候好幾天不理他，知道這件事後才終於和他說話，一邊罵他太衝動，一邊看起來好像又比之前要開心了一點。

「何承熙，知道人不可貌相了吧？而且你既然那麼喜歡那種……大眼睛的可愛女孩子，幹嘛不對承萱好一點啊。」

「哈？那才不一樣，而且我妹哪裡可愛了啊！」

喜歡應該是什麼樣的呢？

他想起爸爸說，喜歡是想保護她、不想讓她受傷害——但又希望，只有自己可以保護她。

他其實從沒想過她身邊會出現別的人，只是想，她家裡爸媽太忙，又沒別的兄弟姐妹，所以合情合理……好像就應該由自己來保護她才對。

「宋于絜，妳下午忙什麼事啊？妳回家了嗎？」

回家前站在對方家門外乾站了半天，他有點尷尬地撓了撓頭，想了想，還是決定先發條訊息問問。雖然聽起來就像藉口，但是她那麼要面子，戳穿她也不好。而且——

是因為上次蘇蔓欣間接害了她的事情吧，他想。這樣一想，她不喜歡蘇蔓欣也很正常，她又那樣扯著自己說是男朋友……她一定會不高興。說不定又是自己沒看清楚人……

「奶奶臨時回家，我媽叫我一起出去買菜。」

回覆得很快，她好像沒什麼芥蒂和波瀾，倒讓何承熙一愣，眨眨眼。沒生氣嗎？好像又不像。抬頭看了看閉上的窗，他只好吐口氣，又低頭抓抓頭髮。「那妳什麼時候回來啊？宋奶奶沒又刁難妳吧？」

「不一定。沒有，不用擔心。」

回覆簡短又直接，也不給任何延續話題的機會。

他終於開始懊惱，她真的生氣了，但這次好像生氣得不太一樣，好像比不理自己還嚴重，怎麼辦啊。

治標不如治本，要解釋和蘇蔓欣的話在訊息框裡打了又刪，總不知道該怎麼說才合適，他愣是在樓下站了好半天，兜兜轉轉才又發過去，決定還是打直球最快：「喂宋于絜，我對蘇蔓欣真的沒有那種意思。」

宋于絜已讀得很快，但這次回應速度變慢了，輸入中的提示出現又消失，好像也在猶豫——他的心情也七上八下，心臟怦怦跳，直到終於見她回覆消息，內容又讓他整個人一愣：

「你高興就好。對了，明天我跟子昱有約，你自己跟你同學去圖書館吧。」

……

失望，空落，難過，嫉妒。

他握著手機呆站好久，終於不知道該再和她說些什麼，奇怪的負面情緒把他整個人填滿，只莫名覺得宋于絜一下子離他好遠，他看著她的背影但卻始終追不上——變成他突然覺得好孤單，讓他忍不住想，為什麼她身邊站的人不是自己呢？

閃過的想法太直白，他聯想起好多事情，還有那天晚上親爸的話，才終於恍然大悟——

「蘇蔓欣，妳以後別再那樣了。」

在繼續給宋于絜發消息前跳出點開另一個訊息框，他皺皺眉頭，表情嚴肅地發送文字，又繼續補充：「不管緊不緊急都不可以。」

「噢——知道啦。但是為什麼嘛？」

女孩子的回應也很快，還附上可憐兮兮的貼圖，好像能聯想到本人，換在平常他應該要心軟，但在此時此刻，他卻只覺得糟糕透頂。

「因為我喜歡的人會生氣。」

想了想，他最後還是決定直接這麼回。

該從哪裡開始和宋于絜破冰呢？何承熙要撓破腦袋，她這次看起來好像不僅是生氣了，好像還要跟別人跑了……不行不行。他用力搖搖頭，決定祭出大絕招：「明天我爸要做飯，妳不來就沒了！」

遇事不決先搬爸媽，何承熙這時候深明了青梅竹馬的好處和大義。

學弟算什麼？她家裡爸媽認識自己十七、八年，早就把自己也當成一家人，哪可能接受他一個突然天降的學弟——而且他也沒自己帥，他心裡評估，想想自己還是很有勝算。但為了讓她相信自己，且不被她誤會成見一個愛一個的渣男……

看來他只好忍痛連著把女神海報專輯全收進床底，得認真表態，態度誠懇，才能有效表忠心！

宋于絜離開後沒回家，逕直去找了間超市逛逛。

她沒說謊，LINE裡爸爸和她說今天要接奶奶過來，估計住到過年後，可能還規劃一下，趁她放假，他們一家人就出去玩一趟，讓她今天有空回家前記得去買點菜……反正逛街也能讓人轉移點注意力，逛超市的生活氣就更能讓人放鬆。

她沒有生氣，也沒資格生氣，只是突然想明白，青梅竹馬果然不可能走到最後——否則該在一起早在一起了，何承熙不是沒有戀愛腦，只是對她沒有感覺罷了。

想清楚後就格外冷靜，不過也想暫時劃清界線。她和何承熙認識太久，太知己知彼，偶爾也太親密，模糊不清的相處容易讓人分不清，那就暫時分開一段時間吧。

「奶奶在，不能去你家蹭飯，幫我跟何爸爸說聲抱歉吧。」

回覆完何承熙的消息，她吁口氣，看了眼社團群的比賽訊息，又看了看放假前老師給她的學校交換生活動資訊。本來今天想找找何承熙討論一下的……姐妹校交換，限定全校前十的學生申請，為期三個月，好遠，但是又很讓人心動。

本來還在考慮，正好她現在想暫時脫離一下現在的生活環境……只是要是她去的話，社團就得拜託給副社長了。

反正何承熙現在忙著搞曖昧談戀愛，不告訴他也無所謂。

她心裡不免還是有點負氣成分，想了想，也真的轉頭發消息給陸子昱，要對方明天一起去外租的舞蹈教室討論高校街舞比賽的事情。如果申請交換生，比賽她也沒辦法準備，但是全交給副社長擔子太重，陸子昱負責任、做事也仔細，交給他也放心吧。

回到家的時候已經天黑，冬天的日照時長本來就短，風又呼嘯得過分。

她回到房間，還是沒忍住打開窗簾，看對面何承熙的窗口大開——這人還真不怕冷。心裡吐槽了一句，她看對面房間的光透出來，再仔細一看，對方好像正在打遊戲，對著電腦，表情認真，但還是一眼就看見她。

何承熙一見她回來，瞪大眼睛，手柄都掉了，遊戲掉節奏，瞬間Game Over。

宋于絜聽不到他聲音，只能隱約聽見一點雜聲，遠遠還能看見對方正在慘叫，猜測他大概是因為愣神所以輸了遊戲。生動又慘烈的表情讓她一整天不太開朗的心情，終於迎來第一個笑容。

「宋于絜，妳不生我氣啦？」

口袋裡傳來新訊息的通知震動和聲響，她愣了下，拿起來看過內容，抬頭又對上對方睜著大眼睛托臉在窗前，表情看起來怪可憐的。

她輕輕嘆口氣，瞅了瞅他，只好又給他回覆：「我本來就沒生氣。」

「真的哦。」何承熙明顯不太相信，但還是順著她的話往下走，趕緊再趁機和她解釋：「宋于絜，我剛剛跟蘇蔓欣說了，我真沒喜歡她，沒和她在一起，妳別誤會！」

「我沒誤會，我誤會幹嘛啊。」宋于絜好笑又奇怪地皺了皺眉，有點無奈，「你要是喜歡人家，對人家好一點就是了。」

「我沒有！」何承熙立刻坐直，就差沒吼出來，大大的驚嘆號要充斥她整個螢幕，好像真的深怕被誤會。

「宋于絜，我剛剛已經把我女神ＩＵ的海報都扔了。」

下一條發來的訊息又更讓人摸不著頭腦，宋于絜滿臉問號，抬頭看他表情格外認真，只好順著他問：「你不心疼啊？」

「是有點，但是表明誠意比較重要。」

「？」

沒搞懂對方突然間的態度變化，宋于絜滿臉困惑，遲疑了好半天，只好回他一句：「你開心就好。」

別到時候跟她哭，那些貼房間的海報她記得他收集挺久，畢竟誰能想到，男人追星起來可以比女人還瘋呢？

「蘇蔓欣，外找。」

寒假輔導開始第一天，早自習結束，失去調侃樂趣的蘇蔓欣坐在座位上，轉頭看了看因為和林江換座位，而改落到她斜後方的何承熙，嘴裡咬著筆，嘟嘟嘴，無聊又無趣地趴回桌面。

好快，好可惜。本來以為還可以再逗逗他們倆一陣子，結果怎麼這麼快就開竅了呀？唉，可惜他長得真的挺帥的，怎麼就是拐不過來呢……她昏昏欲睡，側頭往桌面一躺，正打算打個瞌睡先，門口傳來的聲音就吸引了她注意力。

她坐起身板，往外看，那高高瘦瘦的男孩子就站在外面，平常看起來乖順的圓眼睛半眯著直盯著她，看起來狹長又冷漠，好像要把她盯出一個洞。

感覺到有趣的事情又自己撞上來，她立刻調整好狀態，揚起可愛笑容，一蹦一跳地朝門外走，雙手負在背後，定在門口後歪著腦袋朝人看。

「怎麼啦——小學弟，你看起來好兇噢。」

陸子昱就站在門邊，臉上沒什麼表情，看她笑盈盈的，就更冷淡。「等等午休過來一趟舞蹈教室，要選出參加比賽的名單。」

他報備完就要走，要不是因為學姐打算報名交換生名額，托他從寒假輔導開始和副社長對接一些工作安排，再準備下學期接任幹部，他其實不很想跑這一趟，尤其他本來就不喜歡蘇蔓欣。

學姐還交代了他，這件事先不要說出去……可能是因為名額還沒確定吧。

「為什麼是你來呀？我還以為會是小絜社長。」蘇蔓欣歪歪頭，好奇地往外左看右看。

「社長有事，讓我幫忙通知……」陸子昱離開的動作停住，警覺地皺著眉回頭，「妳不會又想幹什麼吧？」

「我哪有要幹什麼啦。小學弟，你兇就算了還誣賴我，很過分欸。」雙手叉腰佯作生氣地嘟著嘴哼哼，她抬著眼睛沒好氣地看了對方一眼，從制服裙的口袋裡摸出手機，左右看了看，確認沒有老師，才把他拽到旁邊走廊，翻出訊息畫面，停留在何承熙那句「喜歡的人會生氣」給他瞧：

「你看，我都被拒絕啦——恭喜你好吧，大善人，你的有情人可以終成眷屬囉，而我失戀就算了，還要被你兇巴巴！」

盤著手氣呼呼的，蘇蔓欣的表情很委屈，好像要哭了一樣，又很倔強地眨著眼睛，深怕眼淚落下的倔強模樣。

陸子昱看著那行字，一下也有點愣。果然是兩情相悅嗎？明明前不久還和自己那樣說，果然還是想通了……他垂了垂眼睛，有點空落，苦笑地想，自己終究還是要退出。如果和她一起長大的人是自己……但其實他也明白，儘管沒有何承熙，宋于絜對自己，本來也沒有過片刻動搖的時候。

「幹嘛啦，我也很傷心哦，不要以為這種時候露出這種表情我就會安慰你！」蘇蔓欣的聲音把他喚回神，他垂著頭，看女孩子又兇又不滿地跺了下腳撒氣，平常應該很矯情的動作，搭上她的長相和天生的娃娃音，好像也理直氣壯得很合理。

雖然他並不特別喜歡可愛的女生，但好像多少能理解學長之前為什麼對她總是輕聲細語了。

但回想過來自己的指責態度好像是有點過分，畢竟再怎麼說，她都是學姐。而且對方其實也沒真的做些什麼，追求所愛好像也不是大錯……

「……抱歉，是我太衝動了。」垂下眼睛，他思忖片刻後鄭重地朝人一鞠躬道歉，「學姐，我以後不會再這樣了。」

居然就乖乖喊學姐了。蘇蔓欣意外地眨眨眼睛低頭看，心想他出乎意料地乖巧聽話，還以為還會和她爭辯兩句呢……有點沒意思，她嘟嘟嘴，繼續扮可憐，「那你害我好傷心哦，學弟，你要怎麼補償我破碎的心呀？」

「雖然擅自揣測妳是我不對，但是應該不至於補償吧。」抬頭正回身體站好，陸子昱看對方理直氣壯地盤手看自己的表情，表情淡淡，再禮貌地低了低頭輕點，「只要學姐不再做奇怪的事情，我就不會再問那種問題了。」

「什麼叫做奇怪的事情？爭取自己喜歡的人就是奇怪的事情呀？我就不信你不傷心——」蘇

蔓欣明知故問，眨著大眼睛故意往前一步靠近。本來還想故意踩踩對方的痛處，突然想起什麼似的啊了聲、瞪大眼。

「啊！小學弟，上次我摔倒的事情，我可沒有栽贓呀，這件事不能怪我哦，回去我已經罵過小禾了！」

話說到一半終於想起什麼地舉起雙手自證清白，她這次表情倒是認真，面對對方一臉狐疑的神情就更不高興，嘴巴都要噘上天，看起來不屑又生氣，「我堂堂蘇蔓欣——才不屑用那種方法來博關心，你也太看不起我了吧。」

「……是嗎。」陸子昱思索地看了看她，雖然還是懷疑，但表情還是稍稍舒緩了些，「那就好，我先回去了。」

「哎！」

一天之內被同一個人無視丟下第二次還是頭一遭，在家是小公主，在外就算被黑也是黑紅得出名、眾星捧月慣了的蘇蔓欣終於被激起勝負欲，眉一橫就對人大喊：「你居然就這樣不理我……我不管！臭學弟，你今天已經害我超級傷心好幾次了，午休的時候你要陪我一起去教室！」

「……」

莫名被無理取鬧的陸子昱有點無言，嘴角抽抽，本來想拒絕，但她聲音太大，陸子昱一回頭，餘光看見教室內的何承熙等人好像已經注意到他們這裡的動靜。

雖然對方已經做過保證，但他終究還是信不過她，更怕她又拿自己去賣慘裝可憐，把好不容易心意相通的人又打亂……

複雜的女孩子還是別再鬧到學姐面前了。於是他深吸口氣，趕緊一口答應下來：「好吧，我知道了我知道了——那我先走了，午休再來，可以了吧？學姐。」

說完就轉身要走，他只想趕緊遠離是非之地，招招手轉身就要離開，又聽見後面傳來嬌嗔呼喊：

「欸等等、小學弟，我還要福利社的統一奶茶噢！」

陸子昱嘴角抽抽，回頭看人一眼：「……學姐，妳不要得寸進尺。」

「那我現在立刻去找老師講，我要跟何……」

「帶就是了，我真的走了！」

——跟何承熙換回位子。後面幾個字還沒說出口，她就看對方懊惱地抓抓頭，快步朝反方向離開，好像自己真的是牛鬼蛇神一樣。

雖然有點不服氣——不過好吧，小學弟嘛，逗起來還是蠻好玩的。

她眼珠子轉溜一圈，嘴角勾勾。轉念一想嘛，還很有挑戰性耶。

兩個禮拜的寒假輔導，外加最後兩天的學測模擬考試，宋于絜對何承熙都不冷不熱——她好像很忙，光在學校裡就神龍見首不見尾，回家又要陪她奶奶，過年更直接一家人出門玩了一週。七天的時間，他房對面的燈都暗著，看得他又心慌又苦惱。

「林江，我完了，我要失戀了。」

看著電腦螢幕上再一次出現大大的「Defeat」，何承熙耳機一摘，整個人往前拍在鍵盤上，對自己的感情生活開始自暴自棄，懊惱地把頭髮亂撓一通，幾乎要抓破腦袋。

「失戀？」正跟對方隊伍雙排，還沒因為輸得慘烈先罵一頓髒話，林江就先被對方的話震懾，隨即八卦地立刻挑挑眉湊近麥克風：

「誰啊？誰讓你開竅啦？小可愛轉學生蘇蔓欣還是你青梅竹馬女魔頭宋于絜？」一邊猜測，一邊摸摸下巴，他饒有興致地問得急切，八卦之魂熊熊燃燒。不過……不對不對，他立刻一想。寒假輔導的時候，這人還破天荒地跟他換了座位，特地要和蘇蔓欣錯開，那要不是為了怕自己春心萌動當不了柳下惠，要不就一定是因為——

「……什麼女魔頭啊，我可沒說過宋于絜是女魔頭啊，你別害我。」

何承熙癟著嘴，一邊反駁，下巴磕桌面上像要被壓扁，聲音都快被吞得含糊不清。

林江則立即捕捉到了關鍵訊息。

整個人拖著椅子後一挪，椅腳在地面拖出巨大聲響，隔著收音系統都能清楚聽見，他在語音那頭「我靠」地用力罵了一聲，耳機好像都被對方摘下來摔到桌面上，動作猛烈又生動，對比連接網路另一邊已經完全洩氣皮球一樣的好兄弟成了個對比——

「靠！不是吧何承熙，之前誰信誓旦旦說了誰喜歡宋于絜那種『男人婆』，誰就是狗啊？」

嘲笑的聲音因為剛剛遊戲結束後拔了耳機就直接變成公放，何承熙愣了下，這下才趕緊探過去把音量調小，免得隔壁何承萱聽到什麼蛛絲馬跡也過來嘲笑他。他警惕地左右看了看，隨即趴回原位，可憐巴巴地嘆了口氣。

「汪。狗就狗唄，我是狗行了吧？」

認命地把自己之前誇下的海口全部照單全收，何承熙有氣無力的，像旁邊被他放了一整天、氣泡早都消了大半的可樂。「我也是不久前才發現，我好像真的喜歡宋于絜。」

吃瓜吃到不知道該算真香還是美夢成真，林江搖搖頭。「良心發現，不容易啊……不對，那失什麼戀啊，你去表白啊！」他立刻又放大聲音催促。拜託，就他觀察架式，宋于絜怎麼可能對他沒有意思？

「你以為我沒表啊？我當然表了啊！但是……不是，我說表白怎麼就這麼難啊！」

頭都要被他自己揉成鳥窩，何承熙腦袋亂糟糟，腦子也亂糟糟，只覺得有苦難言。戀愛前確認心意應該要先表白這種事，論他再遲鈍，當然也都知道，雖然這件事的前提是——他也不知道宋于絜怎麼看自己。而且說不定說出口後朋友都沒辦法當……

但牡羊座如他，當下他根本沒有想那麼多，見對方幾天冷淡，腦子一熱，靈光一閃，很快想到：表明誠意最快的辦法不就是表白？於是訊息當即就被他轟轟烈烈地發了出去：

「宋于絜，其實我最近發現，我好像喜歡妳。」

……咳，衝動歸衝動，面子當然還是要的。

畢竟他跟她相愛相殺多年，雖然溫馨時刻不少，但更多是一路互相吐槽、互損互罵地成長走來。突然要說這種肉麻話，說實話，他一時間還真不是很習慣。

直球打到這地步已經自認很直接，他心臟怦怦跳，在手機這邊等著對方在旅遊間隙給他回覆，但宋于絜好像沒明白，或者直接就當成了他在發病：

「？」

「何承熙，下次大冒險再找我，我直接把你封鎖。」

何承熙這下真的苦不堪言，錯愕又震驚，手機差點直接往臉上砸。

什麼大冒險啊！

他在這邊緊張得直冒手汗——他的動作永遠比腦子快，文字發出去以後才後知後覺地感受，這種話說出口，應該慎重又緊張。因為擔心她的回答，他整個人焦慮地不斷在房間裡走來走去，結果得到的回答冷淡得要命，甚至還完全不相信，簡直令人跌破眼鏡。

差點爆走，他還是忍著暴躁，深吸好幾口氣後努力恢復冷靜，再努力鼓起勇氣繼續回應：

「不是大冒險！宋于絜，我是認真的……」

「何承熙，不要拿我開這種玩笑。」

按下語音鍵，他本來想，聲音應該更直觀能表現他誠意和心情，就在想了想後下定決心地摁下了語音開關——結果宋于絜一句話直接打斷了他，文字簡短有力又乾脆，隔著螢幕，好像都能感受到對方那種森冷的氣息。

聲音被卡在喉間，他整個人停住，委屈巴拉地頹坐在床上。為什麼會被當作在開玩笑？他哪有開過這種玩笑啊？

好半天，他才只好乾巴巴地改回文字應她：

「我沒有開玩笑。」

愛情好難，人生好難。他在宋于絜眼中已經是會拿這種事情開玩笑的渣男人設了嗎？還是說……

「……宋于絜，不會妳其實喜歡女的吧？」

憂慮浮上心頭，他很快想到——對方一直都更受女孩子歡迎，高中時的打扮也一直偏近中性風，跟自己一直都更像兄弟。如果宋于絜真的喜歡女孩子，那她確實看起來對蘇蔓欣也很好很喜歡，甚至對自己妹妹……等等，不會吧，萬一他的情敵竟然是自家親妹——

「滾。」

然後就收到了更冷酷的驅逐令。

「唉。」何承熙把對話紀錄截圖發送給兄弟，惆悵憂慮。「林江，你說她不會真喜歡女生吧？」

林江則在語音另一邊無情地翻了個白眼。

「我只覺得你這個人單身到現在不是沒有理由的，何承熙。」

♡　♡　♡

「之後社團的事情就拜託你們啦，子昱，別讓我失望喔。」

三個月分的行李和生活用品打包好，爸爸已經在門外準備好車、媽媽也在外面吆喝問有沒有少什麼東西，開學前三天，宋于絜拖著隨身的小行李箱，站在房間窗口看對面還緊閉的窗簾——上午七點，那傢伙肯定還在睡覺。

要告訴他嗎？都臨走了……她有點猶豫。這幾天何承熙態度突然變得積極得奇怪，反倒讓她更退縮害怕，大概還帶有某種莫名的賭氣心理，她出國的事，自己一點點也沒透露給他。

「宋于絜，其實我最近發現，我好像喜歡妳。」

他為什麼要突然說喜歡她？

她看見那則訊息，整個人幾乎呼吸凝滯，握著手機的指尖都輕顫，在訊號不好的山野間茫然恍神。他是用什麼心情說出這句話——在和蘇蔓欣親暱地互稱男女朋友以後？

對何承熙來說，她宋于絜是可以開玩笑、惡作劇到這種地步的人嗎？

無名火在心頭上竄，她又傷心又生氣，自知自己從一開始就不是何承熙會喜歡的類型，只是抱著一點點青梅竹馬也許能日久生情的希冀默默等待，但她不要這種玩笑，太惡劣了。

差點就直接把人封鎖，但好巧不巧，她和爸媽還有奶奶正出門健行，也不知道他們聊到了什麼，就突然聽奶奶在前面難得高興樂呵地回頭問她：

「哎喲，對了，隔壁那個姓何的男孩子我看就不錯啊。于絜啊，妳出國前問問，看他什麼時候來跟奶奶一起吃個飯？」

她腳步一頓，嘴角扯了扯個尷尬的笑，想了想後回應，空口就扯謊：「他們家最近很忙，他沒時間來吃飯啦。」

是啊，他們是青梅竹馬，兩家又算是世交。

親爸親媽都很喜歡他，連不待見她的奶奶都喜歡他，他當然可以捉弄自己了——因為她根本沒辦法，也不可能因為生氣就不理他。

真不公平。

她站在窗前嘆氣，腦子裡思緒和回憶翻轉。點開和何承熙的訊息，對方的話題還停留在他問她去溪頭玩有沒有帶他的紀念品？什麼時候回來？關切又期待的語氣好像他真的喜歡她，但她太清楚，他不過是又以為自己生氣了、想獻點殷勤討好一下她消氣罷了。

「何承熙，我參加交換生計畫入選了，要去美國，今天就走。」

沉了沉氣，她看了看對窗，最後還是在訊息欄上發送文字。嘴唇輕抿，她吁氣哼了哼，想了想，決定再補充地發送一句：

「三個月後見，大、情、聖。」

去他的何承熙。她勾勾一邊嘴角，難得有種反將一軍的愉快——她不要喜歡他了，她就不信，這次出國一趟，還不能來個豔遇！

……

年假尾端的氣候還很寒冷，風打得窗呼呼作響，如果誰睡前沒關緊窗縫，估計會被風吹得整晚都睡不著覺。

窗簾的遮光性太好，旁邊還開著暖氣，何承熙窩在羽絨被裡團成一坨，睡得舒適又安穩……

「哥！喂、何承熙，你怎麼還在睡啊！」

如果沒有這一聲驚天動地的呼喊的話，確實是很安穩。

房門被人用力拍開，何承萱的聲音又亮又急，垂頭一見床上一坨棉被，立刻上前去，一抓被角就把棉被猛地掀開來，再上前要把睡夢中的人扒起來：「于絜姐姐都到機場了！」

「什麼……」何承熙皺了皺眉，雙眼緊閉，明顯還在夢裡，沒了棉被也只能下意識把身體縮緊，聲音還含含糊糊地帶著鼻音，「何承萱你別吵，我要睡覺……」

「你還睡覺！」何承萱差點沒被他氣死。這次宋于絜出國的事連她都瞞著，自己也是到剛剛才知道，可見她這個笨蛋哥哥一定又做了什麼糟糕的事情惹人家生氣——她乾脆放棄把人揪起來，直接蹲到床前在他耳邊大聲呼喊：「何、承、熙，于絜姐姐——已經上飛機走了！」

……什麼，飛機，宋于絜？

頂著一頭亂糟糟的鳥窩頭，何承熙終於被從睡夢中驚醒，轉頭愣瞪地看了一眼何承萱，腦子一轉，趕緊拿起床頭手機就要打電話——

「三個月後見，大、情、聖。」

還附上一張九點半起飛的機票照片。

他看了看手機左上角，上午十點整，估計人都飛過太平洋了，哪還有他道別的機會。

何承熙終於第一次體會到了人生的挫折。

近水樓台的青梅竹馬飛了，還一飛就飛去了一萬多公里外的花花世界——表白無效，這下見面也見不到，三個月的變故這麼多……這下，要怎樣才能把人追回來啊？

Chapter 9・一萬兩千公里的代號是：有點想你

「我的小可愛——妳終於來啦！」

十二小時時差、十六個鐘頭長途航行——落地時的紐約還是晴空萬里，熱辣陽光打在臉上，宋于絜還在長途飛機的睏倦疲憊裡，時區還在深夜凌晨的休息狀態，她拖著行李箱，打了個呵欠才走出海關。國際線的人不少，接機的人群都聚在出關口外，她左右看了看，還有點迷茫，正打算打開手機問問，抬眼就被晃著自己名牌的女人迎面撲上來，直接把她給抱了個滿懷。

「唉喲，小絜呀，好久不見！讓姑姑看看，哎呀我們小絜好像變得更漂亮了，之前看還那麼小，我太想妳啦小可愛……」

伴隨清亮又親暱的稱呼和呼喊，女人一身駝色帽T配上白色長紗裙，小坡跟長靴敲在地面「叩叩」作響。一頭俏麗中短髮、淡妝打扮的青年女子朝她一路奔來，迎面把她摟進懷裡，動作之大，格外受人矚目。

宋于絜不是不習慣成為注目對象的人，但放眼望去，周圍全是和她國籍膚色不同的外國人……在這種情況下受到注目，多少還是讓她不太自在。乾笑兩聲，她還是先張開手回摟住對方拍拍，輕咳幾聲清清嗓。

「……小姑姑。哎呀，好啦，好久不見，我也很想妳。」不太好意思地笑了笑，她聳聳肩，輕拍她肩膀兩下便稍稍往後退開。

迎接她的女人大概四十來歲，雖然帶著口罩，但從露出的上半臉能看出保養得當，沒什麼皺紋，皮膚還很緊緻，算得上清秀漂亮。加上氣質活潑爛漫，她的亞洲臉孔和中文在機場人群裡就更加醒目，頻頻惹人側目。

女人叫宋丞渟——是宋于絜的姑姑，宋爸宋承鈞的親妹妹。職業是珠寶設計師，宋丞渟經常周遊各國，目前正好定居紐約，在宋于絜交換生的事情一確定後，因為夫妻兩人都忙於工作，沒時間親自送她到國外，就由宋爸聯絡宋丞渟商定讓自己的妹妹接機並幫忙照看，讓宋于絜這段時間借住對方家裡，直到交換學習生活結束。

因為性格過於灑脫，宋丞渟至今未婚，也一直沒有固定的交往對象。浪漫又熱愛自由，就算是年節也不一定回家鄉，為此，宋于絜一家人出去玩時還聽過奶奶叨念——但很奇怪的是，向來重男輕女的宋奶奶卻獨獨很寵這個小女兒，對於小女兒的自由和奔放也不介意，只是偶爾會思念地碎念幾句，好像只是擔心，卻也完全不生氣。

宋于絜想，可能……親女兒總是比較不一樣吧。

何況丞渟姑姑確實很可愛，很討人喜歡……不像她。

「欸，小絜，妳過來怎麼沒戴口罩呀？」鬆開懷抱後立刻把人從頭到腳看了一遍，宋丞渟左右看了看，眉心輕蹙，隨即連忙從隨身包包裡翻出全新包裝的醫用口罩拆開，拉開鬆緊帶，親手給人戴上，「最近中國那邊有疫情，機場很危險的，妳不知道呀？我們這邊都有境外病例了！」

被動地戴上口罩，宋于絜眨眨眼，茫然地左右看看。

雖然對方這麼說，但機場裡戴口罩的人很少，一見她們這樣，有幾個白人都疑惑地朝她們看了看，像是覺得奇怪。

她在去年底就曾耳聞疫情的事情，但她和家裡人一般都不怎麼關注新聞，本來就經常被嘲笑2G網路。宋爸宋媽只知道中國嚴重，台灣有少數疫情，才讓她也乾脆出國避一避……她愣愣翻開手機，剛開通的數據漫遊慢吞吞接上網，某人的訊息立刻爆炸一樣地飛速傳來：

「幼稚鬼何承熙（這次絕對不理他）：宋于絜！妳個沒良心的！出國怎麼都不告訴我啊！」

「幼稚鬼何承熙（這次絕對不理他）：喂！最近疫情好像有點嚴重，國外不知道有沒有，妳口罩消毒什麼的有沒有帶啊？」

「幼稚鬼何承熙（這次絕對不理他）：宋于絜，桃園飛紐約要多久啊，妳怎麼還沒已讀？」

「幼稚鬼何承熙（這次絕對不理他）：飛機上不知道會不會有病毒……大人說好像很嚴重，

像什麼SARS欸，妳要小心一點。」

「幼稚鬼何承熙（這次絕對不理他）：臭豬絜，妳真的很機車，最近都不跟我說話，還一聲不吭就飛這麼遠。」

「幼稚鬼何承熙（這次絕對不理他）：妳到底什麼時候才下飛機啊？」

……

一連串滿含哀怨的對話爆炸一樣地洗刷她的版面，還附上好幾個可憐兮兮的貼圖。有在角落畫圈的小人，還有趴在桌上委屈巴巴的小狗，一大堆貼圖和文字都像帶著何承熙本人嘰哩呱啦的語音，每一段卻都像在傳達一個她從來不敢想、卻又昭然若之的訊息——

「幼稚鬼何承熙（這次絕對不理他）：宋于絜，妳今天走了沒看見好可惜。妳看，今天的月亮好圓，月色真美。」

最後一則，是在兩小時前，視角像從他的窗口往外，照片裡是一輪明亮月光，朦朧溫柔。

宋于絜怔怔地愣在原地，手機上的訊息讓她大腦即刻當機。

她看過夏目漱石，那個有名又浪漫的表白紅遍全球，她當然也知道——何承熙最近在訊息裡說得最多的就是「我真的喜歡妳」。

不是為了討好她嗎？她本來既生氣又覺得無地自容，因為她確實有過一瞬間的高興，又憤怒於他怎麼能把這麼重要的真心當作玩笑脫口而出。

但是……真的可以相信嗎？

他傳達的這些關心和問候背後的那句話，真的都是屬於她的嗎——

「唉呀，小男朋友呀？」

眼看人一打開手機就停在原地不動，下半臉雖然已經被口罩遮住，但露出的一雙眼睛怔忡專注，一看就是另有故事——宋丞渟一笑，立刻八卦地湊過去，正巧看見她點開那張明亮月光，嘴角笑意更盛：「是小熙？」試探地挑挑眉頭，她歪歪腦袋看她。

「……不是男朋友。」連忙把手機螢幕按關收進口袋裡，宋于絜被問得有點心慌，結結巴巴地看了她一眼反駁，「是……是何承熙沒錯，姑姑妳也知道，何承熙他這人就是幼稚又無聊，我走了就沒人跟他說話，所以他才來轟炸我。」

「嗯哼——」

不置可否地噙著笑意瞇瞇眼，宋丞渟也沒要拆穿她的意思，只是心情不錯地聳了聳肩，隨手接過侄女的手提箱，一路哼著歌，心情愉快往機場門口走。「不錯嘛，我們小絜和小熙都長大囉——」

宋丞渟很少回台灣，但回去時見過何承熙幾次，最後一次是在前年。那時候何承熙的個子已經很高，樣子也長了個半開。濃眉大眼、身材挺拔，清俊帥氣的樣子很好地遺傳了親爸，好說歹說都已經是整條街上最帥的孩子——只是可惜個性還很幼稚，天天就和青梅竹馬宋于絜對著幹，還粗神經又直男。

但從她有記憶以來就知道，親侄女一直都喜歡對面的帥小子。唉，本來還擔心萬一對方一直不打算回應，小女孩就在一棵樹上吊死。正打算她來美國就給她多介紹點小帥哥呢……現在好啦，孩子都長大了、想開了，都該談戀愛囉——

宋于絜跟在姑姑身後，託運的大行李箱被接走，本來不太好意思，但對方走得快，她只能趕緊拉著小行李箱跟上。在機場裡一路跟隨，她一面又從口袋裡拿出手機划看。除了何承熙的爆炸洗版訊息外，還有幾條爸爸和媽媽的消息，說給她寄了些消毒酒精和口罩，讓她在國外要記得注意安全……

連爸爸和媽媽都……這麼嚴重嗎？

她皺皺眉，點開最新新聞一看——最近期的一條新聞上寫著中國武漢地區的嚴重特殊傳染性肺炎在擴散，目前在武漢爆發，各國有少數病例，但還沒大規模傳染。她申請交換生的時候好像還沒有這麼大的新聞，剛剛還覺得不可思議，原來現在真的有傳染病了。

心裡有點憂慮，但又連忙給自己打打預防針。現在醫療技術進步嘛，應該不會有大問題的吧，何況她就待三個月……

她吁口氣，想了很久，隨手往機場的落地窗拍下灑進來的滿堂日光，傳送到地球的彼方。

「死沒良心拋棄我的臭豬宋于絜：這裡日光也正好。」

何承熙收到大洋彼岸傳來的消息，已經是接近中午。

本來掐著時間算準準，十二小時的時差、航程算好應該是凌晨一點落地，結果他太睏倦，平時熬夜打遊戲的精力在這時候全不管用，十二點沒到就抓著手機昏睡過去，醒來時還發現差點沒電，趕緊接上電源打開一看，才看見她發來的滿地日光。

他剛剛還正襟危坐地起身愣看，點開看見紐約午後的陽光灑進來，又軟呼呼地癱回去床上仰躺。

中午十一點半。宋于絜那裡應該是午夜十一點半了——十二小時的時差，他抱著手機翻來覆去，好想打電話，但心想她現在應該在倒時差休息，不好打擾。喜歡的心情是這樣的嗎？還沒發覺的時候只覺得莫名，現在覺得想念又急切，還有點委屈。

這麼久沒和她好好說話，怎麼她就飛到那麼遠的地方去了啊？

疫情還在升溫，隔了一個海峽的另一邊則是封鎖的封鎖、禁止的禁止，台灣也出現境外病例，一切好似都在逐漸偏離軌道，彷彿電影《全境擴散》的現實翻版。由於害怕群聚感染，開學的時間也跟著延後，等正式返校，政府和校方已經強制要求所有學生都戴上醫用口罩。

二月的尾端，冬末和初春的風又涼又冷。

於是在好不容易宣布開學後，林江到學校裡，連著幾天都能看見某個癱在桌上、毫無生氣的一坨爛泥。

「喂何承熙，不至於吧你？」

從福利社善心大發地買了兩根蘇打冰棒回來，林江無奈又無言地吐口氣，把冰棒扔過去貼他臉頰上，然後如願地看人慘叫從座位上彈起來。「不過是失個戀——不是，你這失戀也不至於，人家就是去交換生三個月，六月就回來了！」

「噢、很冰！現在還是冬天欸林江！」剛從冰櫃裡拿出、包裝紙上還結著霜的冰棒貼上何承熙的臉頰，他「噌」一下從座位上就蹦了起來——

得虧是下課時間，不然他肯定又能成為目光焦點。

本來和宋于絜說好比賽誰最能維持完美形象，結果他從高二就開始越來越崩壞——也不知道是因為青春期的愛情煩惱更盛，還是本性難移的關係。而同學們對他突發的跳躍情緒一開始還會注目，後來也就越來越習以為常，見怪不怪。

「怎麼啦？大帥哥，你喜歡的人拋棄你啦？」最愛吃瓜看熱鬧的蘇蔓欣一聽他這裡有動靜，立刻跟著湊上去，大眼睛睜亮睜亮，一臉等瓜吃的表情毫不掩飾，「美女社長有新歡啦？」

「沒有新歡，人家去美國當交換生囉。」直接忽略掉那邊被冰完臉就逕自拆開冰棒包裝啃食、表情又恢復成了悲傷春秋的青春疼痛男高中生，林江翻了個白眼，搖搖頭，把椅子轉了個位置挪向女孩子，饒有興致地托腮。「欸，蘇蔓欣，妳現在不……了啊？」

未盡的延長話語禮貌地消音，他瞥瞥何承熙，又看看她，很明顯地使了使眼色，實在忍不住好奇她現在應對他竟然還能這麼自如。早從何承熙承認自己喜歡宋于絜、並拒絕蘇蔓欣後，他就已經從當事人嘴裡吃到了第一手新鮮八卦——她現在還能這麼自在，也未免太神奇。

蘇蔓欣接收到他訊息，下巴靠在椅背上趴好望回去。笑盈盈地朝人眨眨眼，她神情很坦然，語調還像在撒嬌，「帥哥社長有喜歡的人啦，我當然不喜歡他囉。而且——」

語末尾音拉長，她勾勾嘴角，笑眼彎彎，表情突然狡詰起來。

「本來——就是因為好玩嘛。」

旁邊的何承熙一愣。

「什麼好玩？」

「欸欸欸——二班的，口罩都給我戴起來！」

終於從失魂狀態回過神，他眨巴眼，一邊聽蘇蔓欣的奇怪發言，轉過頭才困惑地想追問，巡堂的老師就已經氣勢洶洶地打著藤條走過窗邊，教室裡亂成一團的學生迅速又慌張地回到座位、戴上口罩，正襟危坐地裝回乖學生模樣。

下課鈴還沒響，但從延後開學到正式返校，各地學校已經開始宣導學生要保持安全距離、消毒和戴口罩……雖然不聽話的總是占大多數。何承熙坐在後排倒數第二的位置，低頭偷偷摸出手機——

早上九點。他想了想，又翻開訊息，紀錄還停在他問她學校怎麼樣？有沒有記得防疫消毒？台灣把疫情渲染得好可怕，人心惶惶，他擔心她，可是她離他太遠，也只能隔著手機信號傳遞想念。

「宋于絜，妳那裡現在是晚上九點吧？我們現在都要戴口罩了，你們那裡安不安全啊？這麼久見不到妳，真的很不習慣欸。」

他往桌上一趴，下巴擱在手指上頂壓，還沒開始戀愛，卻好像已經開始進入戀愛的患得患失。宋于絜到底喜不喜歡他？要怎麼樣才能讓宋于絜喜歡他呢？

「宋于絜，我是真的喜歡妳哎。」

♡ ♡ ♡

不怕直男太耿直，就怕直男突然間開竅。

何承熙自從開竅，就像從路邊的笨蛋二哈變成家養的拉不拉多，隔著電話都能感覺人天天往腦門打上來的直球，把原本差點決定封心鎖愛、順便剃度出家下次再愛的宋于絜打得暈頭轉向。訊息搜索「喜歡妳」，這個月內就能找到好幾條，讓她本來不敢信，到現在都變成不得不信。

她本來確實期待愛，可是現在卻又變得有點害怕。

疫情還在升溫，美國人好像恍若未聞，只有她和小姑姑在家擔憂。偏偏歐美文化又不喜歡人戴口罩，哪怕從三月開始，美國的染疫人數已經開始直線上升，部分大學也都改成網課，她們戴口罩出門還是要被另眼相待，為難又無奈。

「小絜，我感覺美國不安全，我們還是要想辦法回去。」

客房在她到來前被對方特地重新布置過一番，月亮形狀的壁燈掛在牆頭，好像在彌補今天沒有月色的夜晚。宋丞渟來找她談心，女人因為長年做相關工作而弄得滿是傷痕、略顯粗糙的雙手，憂慮地覆蓋住她的手指，輕輕握住。

宋丞渟在擔心環境和疫情，宋于絜卻被她的手吸走注意力，心不在焉地點點頭說好。父母最近也很擔心，本來讓她們在國外躲好，又發現國外好像不是很安全，正想辦法給她買機票回去……但她想的卻不僅僅是這件事。

這次做交換生，她偷偷選修了犯罪心理相關的課程，被充滿挑戰和未知的世界吸引，第一次除了舞蹈，好像真的有了想去做的事情。

但是……家裡一直希望她順遂地選法律或金融相關科系，平穩地出社會、平穩地工作——更別提本來連她出國都有點反對的奶奶。

要不是因為正好能來見姑姑，奶奶可能根本不願意讓她出國，嘴上總絮絮叨叨說女孩子家跑這麼遠幹什麼、漂亮乖巧地嫁個好人家就好……但她其實好羨慕姑姑，自由又灑脫，想做什麼就做什麼。

「小絜？」發現對方注意力不在這上面，宋丞渟往她眼前湊，有點擔心地趕緊伸手覆上對方額頭摸摸，發現沒生病，才鬆口氣笑了一下，揶揄地揚揚眉，「在想什麼啊？不會是在想我們小承熙吧——？」

「……誰要想他！」

宋于絜瞬間想起了最近頻頻被何承熙表白的事，宋于絜不太爭氣地紅了耳朵，有點心虛地硬著氣反駁。一邊想轉移話題，一邊也想聊聊心事，她吐口氣，隨即有點洩氣地去反握住對方的手，「姑姑，妳當初去學設計，奶奶有反對過嗎？」

「當然啊——妳奶奶是什麼脾氣，妳又不是不知道。」宋丞渟眨眨眼睛，「據理力爭嘛，我那時候差點離家出走，妳奶奶心軟，最後就答應囉。」聳聳肩，她把往事說得輕巧，微微偏頭，看向女孩子心事重重的模樣，笑著輕捏對方的手。

「小可愛，有想要的東西嗎？那就勇敢去爭取一下呀。」

宋于絜抬頭看了看她，又低了低頭。爭取嗎？可是該怎麼爭取比較好呢？表情很猶豫，她張了張嘴，好半天才嘆口氣，終於還是出聲：

「但我怕辜負大家的期待。」

父母對她平安的期待，奶奶對她乖巧的期待，她對自己完美的期待……她甚至也害怕，突然說喜歡她的何承熙會不會也有什麼期待。這些期待都讓她壓力越來越大，又在這樣的環境下好像讓她更焦慮──暫時躲在這裡好像也不錯，回去以後該怎麼辦？逃避可恥，但確實短暫有用。

她抿住下唇，猶豫又糾結。

「但是一個人哪能完美符合所有人的期待呀，小可愛。」勾起唇角失笑，宋丞渟摸摸她腦袋，有點憐愛，還有點心疼，「小絜，做自己想做的事情就好了，妳還年輕，應該是往前闖的時候，犯錯也沒關係嘛。」

宋于絜抬起頭看她，有點懵懵然。「犯錯」這個詞彙在她人生裡一直是讓她害怕的事情──但是何承熙是如此，小姑姑也是，他們好像總是不害怕犯錯，都勇敢又自由……

「萬一我哥和大嫂不同意，或是妳奶奶說什麼……那就我來幫妳抗爭好了！小可愛，不用怕，往前衝！」

宋丞渟又開口，聲音明亮地握拳給她打氣。宋于絜聽著笑出聲，心情好像也被感染得有點明朗起來，腦子裡不自覺想起幫她在奶奶面前裝可憐的何承熙，又看看表情認真的小姑姑……

真好，原來她其實一直都有可以犯錯的本錢，因為她有這麼多值得依賴的後盾。

宋丞渟去休息後，她也準備好入睡。宋于絜習慣把窗簾大開，一方面想等待日出時的日光透進來，一方面好像已經習慣對窗另一邊有所期待……她才剛躺下，目光習慣性往窗邊游移，手機訊息聲就又響起。抓到時間摸魚的男孩子問她吃過飯沒有？好笨，她這裡都幾點了，這種問候也太直男了吧？

她無奈抽抽嘴角，但心裡還是偷偷高興，一邊裝著高冷地回他消息。

「吃過了，你好肉麻啊何承熙。」努力把快翹上天的笑意壓回去變成嫌棄，她發送文字，再附贈上一張嫌棄的貼圖。

「幼稚鬼何承熙（有待考察版）：欸，妳很難搞欸宋于絜，之前那樣妳覺得我沒誠意，現在怎麼又說我肉麻！」

「我沒說你沒誠意啊，但你不覺得你這樣很肉麻啊？天天說什麼不知道哪裡學來的笨蛋話……」

「幼稚鬼何承熙（有待考察版）：怎麼就笨蛋話了！我只是實話實說，而且妳還沒告訴我，妳到底喜不喜歡我啊，宋于絜？」

訊息回得很快，看得出某人上課也摸魚摸得理直氣壯——宋于絜會心一笑，覺得他現在像條等主人回家的小狗，可憐巴巴的。但原來還有他何承熙來這麼問她的一天嗎？她有點得意。

坐在床上後靠枕頭，她嘴巴還是沒忍住往上翹高：「那得看看你表現吧？」

「但是——何承熙，你到底為什麼突然就說喜歡我啊？」

呼口氣，她還是問出口，雖然幾乎能猜到對方無厘頭的答案，但還是想求一個完整的過程——突然來的結果太沒真實感，像在作夢，何況她現在離他好遠，就算房間的窗門大開，也看不見對面總邀她偷溜出門的笨蛋竹馬。

「喜歡就喜歡啊，哪那麼多為什麼啊？」

何承熙的語音發過來，還夾雜象徵下課的嘈雜人聲——她一看時間，零點零零分，原來已經午夜十二點。她以前很少會這麼晚睡，作息一直很規律，到美國後，本來調整好時差後還好，但沒過多久，疫情一開始肆虐，她就也開始跟著失眠和熬夜。

其實也很焦慮，還有點擔心。她也會害怕，還很想念——想念家人，也想念他。

外國的月亮一點都不圓，她好想念家鄉的一切。

「我知道我發現得太晚了……可能，可能是因為那個陸什麼的學弟跟妳表白吧。我後來才發現，原來我那種情緒就是，一直有點吃醋……」

「宋于絜，妳別不高興啊，我真的沒有喜歡蘇蔓欣，我現在都跟她劃清界線了！」

她出神的間隙沒有回應，他就又跟著發來好幾個語音，聲音急切又誠懇，聽得她忍不住發笑。

「我知道。」她也按開語音回覆，恍然看黑漆漆的夜空失神，「何大社長，我失眠了，能不能給我唱個安眠曲？」

台北時間的中午十二點，午休鈴剛響，何承熙剛趁老師出去的間隙偷偷發語音。宋于絜最近對他的態度好不容易才有所鬆動，喜歡的女孩子難得有要求，他當然使命必達——但學校裡本來就禁止帶手機，唱歌更容易引起注意。去哪好呢？

他把手機攢進外套口袋，牙一咬，決定奔進廁所裡。

……是有點味道，不過這裡應該比較不容易被發現。

清清嗓，他把耳機收音口湊到嘴邊，想了想就開口清唱：

「失去你的風景，像座廢墟，像失落文明，
能否一場奇蹟，一線生機，能不能，有再一次相遇？
想見你，只想見你，未來過去，我只想見你，
穿越了千個萬個，時間線裡，人海裡相依。
用盡了邏輯心機，推理愛情，最難解的謎……」
（《想見你想見你想見你》詞曲：八三夭　阿璞）

男孩子慣唱搖滾樂，唱起抒情歌的音色倒也清亮乾淨，沒什麼技巧，但很真誠。夾雜人聲，

宋于絜隔著月光，閉上眼睛，好像回到學校裡和他相隔一個教室練舞和唱歌的時光，好遠又好近。她內心竊喜，但嘴上卻依舊不饒人，忍不住回了一句語音：「你真的好肉麻啊，何承熙。」

過沒一會兒，她又收到了何承熙傳來的最新語音，宋于絜帶著笑意點開，只聽見裡頭傳來何承熙不甘示弱的反駁：「欸，什麼肉麻，明明是妳——」接著突然傳來一陣吆喝：「喂！誰在廁所唱歌，用手機的同學出來！」隨之而來的是遠方教官的訓話聲，以及一些急急忙忙的摩擦聲——宋于絜愣了一愣，一下子猜到結果，樂得笑出聲，直接沒忍住地仰躺在床上哈哈大笑——太笨了！怎麼還會躲去廁所啊？

「去廁所給我唱歌啊？你也不嫌臭。」

她笑了一會，語氣嫌棄地給他發訊息吐槽。男孩子還在逃亡，沒時間回訊息，但已讀得倒是很即時，一邊給她發來語音回應，像是正在奔跑，語氣苦哈哈：

「欸什麼啊！呼……宋于絜，妳有沒有良心，我這裡現在中午十二點，要給妳錄音唱歌除了去廁所還能去哪！而且我怎麼知道……教官剛好巡過來啊！」

一邊抱怨，一邊聽得出奔跑的腳步聲和喘息聲，何承熙的聲音透過耳機傳入她耳裡，聽起來好近，像是真的就在身邊。

宋于絜本來還在大笑，一瞬間又有點恍惚。

她當然知道他那裡現在在上課，但到這時候，她才感覺自己好像有點脆弱，有點想依賴……

出門前爸媽還叮囑她不要太想家，在外好好照顧自己，她本來還信誓旦旦覺得自己不會，但回想起來，自己確實是第一次離家這麼遠。原來，她也會有這種覺得寂寞的時候啊。

「笨死了。那你現在呢？被抓了嗎？」

還是有點擔心他因為自己無理的要求被懲罰，她發了訊息過去關心，但沒再收到回覆。

完蛋了，不會真被抓了吧？

結果沒多久就等來了對方的語音通話邀請，她怔忡幾秒接下，聽見電話另一頭還喘著氣，得意洋洋地和她笑：「宋于絜，我帶著午餐跑來社團教室了，現在可以跟妳盡情說一下話了！」

「盡情說什麼話啊？」她說話都帶上笑意，語氣早就不自覺地溫柔下來，但她沒察覺，表面上還是一本正經地警告，「說好啊，先說肉麻話的就是狗。」

「……哈囉，汪汪汪。」何承熙沒臉沒皮，開口就學狗叫，充分和學會了什麼叫要女朋友就不要臉，很默契地也朝窗外望了望，有點委屈地癟了癟嘴。

「宋于絜，我好像有點想妳了。」

她又被他直球打得臉紅，話頭都被堵住，張張嘴，怕現在要是出聲音都要結結巴巴，可能會被發現自己的小心思……好像笨蛋。她想，談戀愛真的降智商，但自己現在竟然還覺得……有點甜蜜。

「……幼稚死了，還學狗叫，你真要當狗啊？」

「狗就狗，要愛情不要面子。宋于絜，妳有沒有覺得我們現在好像在談網戀？」

很得寸進尺地進一步調侃，她開口吐槽，就聽對方興致勃勃地回應。從他的聲音聽來，好像還能想像到那一雙正在狗腿討好的大眼睛……要是能視訊看看他就好了。

念頭在腦子裡一閃而過，她趕緊抹掉，覺得自己太戀愛腦，很嫌棄地吐槽了一下自己。

太不矜持了吧，這才多久沒見到他啊。

「網戀個鬼，誰要跟你戀？誰跟你戀誰倒楣！」

「欸，怎麼就倒楣了！宋于絜，妳真的一點都不喜歡我啊？」

聲音一下子又變得委屈巴巴，電話那頭的男孩子捧著鐵餐盒在午餐時刻空無一人的社團教室，有點落寞地癟了癟嘴。外面正好有偷偷談戀愛的小情侶走過，他目光跟著投過去，忍不住有點羨慕，一直信心滿滿的人好像也有點喪氣，「我很認真的欸！宋于絜，我都一個月沒見到妳了。妳就……一點也不想我啊？」

被他話說愣，試探語氣好像還有點受傷的意思。她往後躺了躺，回想後才發現自己似乎一直在冷漠拒絕對方，明明心裡已經有所鬆動——而她也一直把何承熙想得太勇敢了。雖然總不免也想讓他吃吃鱉，但是……好吧，總不能一直讓小狗乾搖著尾巴沒餅乾吃嘛。

雖然不想這麼認為，但是現在的何承熙真的很像小狗，又笨又可憐的。

嘴角笑意又往上牽了牽，宋于絜往床頭一靠，好半天才終於鼓起勇氣開口：

「我也有點想你，笨蛋幼稚鬼何承熙。」

Chapter 10・想要跟你一起去的地方

「宋于絜——恭喜出獄！」

趕在美國疫情全面大爆發、境外飛機停飛前，宋于絜順利搭上給留學生的最後幾班飛機，宋爸心疼女兒，最後還是和學校商量中止交換生活動，然後挖出存款，買了高價機票讓她提前在四月回到台灣。但一路上也著實不好受，宋于絜在飛機上就被家人勒令穿了十幾個小時的隔離衣，回來後獨自在桃園機場降落，但不能和人接觸，並立刻被送去飯店隔離。

隔離期間不能出門，只有防疫人員會全面戒備地穿著防護服在門外每日送三餐、量體溫，本來該夠嗆，不過好在還有宋丞渟和她一起，十四天與世隔絕的生活有人陪伴說話倒也不算太難受——好不容易結束，她檢查完一出酒店門口，就看見爸媽和何承熙都來接她和姑姑。

第一個迎上來興致勃勃打招呼的就是何承熙，雖然表情一副恨不得撲上來和她來個久違的擁抱的樣子，但開口還是沒好話……宋于絜的熱情被澆滅，直接沒好氣地瞪他一眼：「幹嘛？委屈你來探監啊？」

她和何承熙就這麼維持著不上不下的曖昧關係。本來她是因為覺得，隔著電話要答應這種事情實在太草率也太沒儀式感，但後來冷靜下來，想想又覺得過分輕易地答應這個笨蛋未免也太便宜他——何況他們很快就要考大學了，到時候可能都會離開這座城市，還不知道會不會分道揚鑣……

未來太多不確定性，她沒有什麼安全感，害怕太草率會讓他們連朋友都當不成。

何況像他這樣每天還忙著玩社團的，根本都還沒想好自己以後想做什麼——但他們還有不到一年的時間，就要決定自己大學志願了。

被吐槽也沒再直接嗆回去，何承熙自知理虧，連忙賠著笑地從她手上接走行李，表情很討好，任勞任怨地把她所有東西往身上攬，「沒有沒有，哎，我看網上都說隔離跟被關監獄十四天差不多感覺嘛，開個玩笑，妳別生氣。」

他一開始還會問她：什麼時候能給他答案？後來就戰戰兢兢，不敢再問，努力認真學習要如何追女孩子。而且上桃園來接她前，他還被宋爸請喝茶考驗了一番——畢竟宋家所有人都很喜歡他，就除了宋爸。

「承熙啊，聽說你喜歡我們于絜？」

「呃……對的，于絜爸爸，我是真的很認真很認真……」

「怎麼還回答得有點猶豫啊？」打斷他回答宣誓口吻，宋爸老狐狸一樣地瞇起眼睛笑咪咪，慢條斯理地喝了一口水，把在對面正襟危坐的臭小子從頭到尾審視一遍：「這都還沒在一起，怎麼就喊爸了呢。」

老狐狸真的好恐怖，何承熙心裡如是想。

倒也不是討厭，宋爸對他一直也很和藹風趣，但應該說，他現在在對方眼裡就像是準備要拐跑他女兒的人口販──一知道他喜歡自家女兒後，宋爸每次見他都像鷹一樣銳利緊盯，就連現在都感覺讓人如芒在背。

這大概也是青梅竹馬的壞處之一吧……他苦哈哈地想。

「何承熙。」

和女孩子並肩往停車場走，他還在一邊努力適應背後宋爸的目光，一邊思考該怎麼先度過宋爸爸這關，宋于絜就突然叫住他。他困惑回頭，看見她表情若有所思，自己也連忙跟著認真扳正神態。

宋于絜側頭瞅他，腳步微微放慢，「你有沒有想過，之後要做什麼？」

「之後？」何承熙困惑地歪頭，「什麼之後？」

她聞言嘆氣，有點無奈。都說女孩子比男孩子早熟，但她之前也一直懵懵懂懂，大概到此刻才有這麼深刻的感覺和嘆息，「我是說──大學，還有大學以後，你沒有想做的事情啊？」

何承熙被她問得有點懵。眨巴眼睛開始思考，他沒怎麼想過這方面問題，被這一問，他努力皺著眉頭思考幾秒，卻還是一團糟，最後只好搖搖頭。

「我還沒想過欸，前幾天老師也在問我們。欸，宋于絜，妳真的想好要考犯罪心理了啊？」

心事被戳破，宋于絜垂下眼睛，一時間噤了聲。

本來除了探探他的想法，確實也想趁這機會尋求一下支持。她還在國外時和他提過幾次，但自己也猶豫，本來已經想好，可見到爸媽又有點下意識地退縮……她心事重重地回頭悄悄看了眼正在說話的爸媽和姑姑，小心翼翼地放輕聲音，點點頭。

「嗯。我查過了，現在疫情先不考慮國外，國內的話，警大的實踐機會最好。」拉著對方稍稍加快腳步往前一點好跟後面長輩們拉開距離，她開口，輕吁口氣，「我不怕考不上警大，我只怕我爸媽他們反對……」

「妳要是想好了，就跟宋爸宋媽說說看嘛，我覺得他們雖然對妳比較嚴格，但應該會尊重妳的意願吧？」配合地和她一起降低音量，何承熙湊過去和她悄悄話，末尾笑了一下，想了想，費力挪空一隻手出來和她奮力握拳，「大不了，我幫妳一起抗爭！」

宋于絜被他逗笑。「你怎麼幫我啊，笨蛋。」

搖搖頭，她失笑往前，順著從他手裡拿回自己一箱行李往前走，心裡卻莫名真的又安心下來。

她知道，不管他們是不是情侶，何承熙總是一直在她身邊支持陪伴她，而且比誰都勇往直前……雖然是個笨蛋，但是好像，偶爾也可以學學像他一樣笨得勇敢一點。

和他說話的間隙，她放在口袋的手機響起通知聲，她到停車場後摸出來一看，發現是自從她去美國後，一直不間斷關心她的陸子昱知道她今天隔離結束，就發訊息來問候。

「學姐，出飯店了嗎？感覺怎麼樣，有沒有什麼麻煩的檢查？」

陸子昱還是會和她聯絡，但也沒有再多進一步，不知道是不是從得知何承熙喜歡她以後？小學弟挺乖，他們一般只聊聊社團的事，或者偶爾他會關心她在國外疫情怎麼樣？

「出來了，還好，拿完檢查報告就可以出來了……」

她一邊如實回覆，一邊準備感謝對方關心——然後就感覺身後有人湊靠上來覆蓋住光源。她回過頭，看大男孩擰著眉心在後面，臉臭得不行。

「什麼感覺怎麼樣，他怎麼還天天找妳啊？」

宋于絜回過頭，對大醋桶的占有欲無奈又好笑。「拜託，我把社團拜託給人家，當然要聯絡，而且我們是朋友。」

「……哦。」何承熙自覺越界，摸摸鼻子退回原位，但醋味還沒消，就撇撇嘴，不太甘願地哼哼。「反正我看他就不懷好意的樣子——宋于絜，不要看他長得乖就被騙了，我可以幫妳回，把他打跑算了……」

看某人躍躍欲試，眨巴眼，伸出手好像真想從她手裡搶過手機……宋于絜翻了個大白眼，握緊手機往前走，忍無可忍地回頭對人就吼：

「何承熙，你幼稚不幼稚！不要亂！吃！飛！醋！」

——看來論占有欲與吃醋，牡羊男和天蠍女還有得一拚。

♡　♡　♡

「爸，媽，我……我有事想跟你們商量。」

深吸口氣，宋于絜放好行李後從房間出來，抓緊褲縫，緊張地低了低頭。

一家人難得都聚在客廳，何承熙已經先回家，宋丞渟則因為從美國回來也先暫住在家裡。她本來還在和特地來看自己的宋奶奶撒嬌聊天，一見宋于絜心事重重地出來，宋丞渟一下子猜到情況，扭頭過去朝人眨眨眼睛，偷偷地朝她握了握拳表達鼓勵。

宋于絜看所有人一下子都把視線對向她，心底更緊張。但箭都已經到弦上，她雖然害怕，還是鼓起勇氣開了口：「我……想考警大的犯罪心理，我想當警察。」

她上一次主動和家裡人提要求，是她幼稚園時說想學舞的時候，那時候光是爭取才藝班就爭取了好久……這次是第二次。但大學和未來的選擇比起興趣學習還更大，她比任何人都緊張，幾乎不敢看家人的表情。

小心翼翼地抬起頭，手心在冒汗，她能看見爸爸和奶奶都皺起了眉頭，尤其是奶奶。

和一般人對爺爺奶奶的印象不同，她知道爸爸家裡本來就是書香世家，聽說奶奶在那個年代也是大學畢業，甚至讀到研究所，後來成為大學教授，前幾年才光榮退休……正因為是這樣，即使到了現在，奶奶對學業的要求也都比一般的祖輩父母都高。

她大氣都不敢吐一口，還沒敢多看幾眼，就聽見奶奶首當其衝開口：「不行。女孩子家的，做什麼警察？當女警察以後會嫁不出去！」

連一向疼她的爸爸也如意料中蹙起眉，眼鏡下的眼睛憂慮重重，難得地跟著張唇出聲附和。「小絜，當警察很辛苦的，妳真的有想好嗎？而且警大很難考，爸爸媽媽雖然對妳比較嚴格，但都是不希望妳以後太辛苦。」

宋媽倒是沒說什麼，只是微微偏頭看她，表情平靜，像在等她回應。宋于絜不太敢直面奶奶不友善的打量眼神，只盡力站挺身體給自己打氣，扳正了臉回看宋爸，「我想好了，我是在美國的時候接觸到這個的。覺得不僅僅是很帥、很酷，而且可以做很多事情。犯罪心理的話，我的邏輯能力很好，心理學在警隊可以做談判師和諮詢師，其實也沒有那麼費體力。」

宋于絜說得有點著急，她把腦海裡演練過一遍如何說服爸媽的話搬出來，還有點結巴，「而且我有信心，我可以考上警大。」

最後這句才落得鏗鏘有力，她很緊張，感覺背都繃直了。

「但是小絜，當警察還是會很危險。」心裡還是不太贊同，宋爸垂眼沉吟片刻，「爸爸知道妳很優秀，但是讀書和工作不同，是一輩子的事情。爸爸還是希望，妳可以選危險性低一點的職業。妳看，妳喜歡心理學，做心理諮商師是不是也不錯？」

聲音溫柔卻不容拒絕，宋爸將手輕輕收成拳敲擊桌面，明明是討論的口吻，但宋于絜知道，在家裡，大事情向來都是爸爸來決定……她不能逃避，要更勇敢一點。

沉默的片刻間看了看爸爸，又回過去直視奶奶，她閉了閉眼，再深吸一口氣。「以前，我只是努力讀書考好，但從來沒有想過以後要做什麼……」

她抿了抿唇，用更堅定的聲音和眼神回望：

「爸，媽，奶奶，我自己的未來，我想自己負責，自己決定。就算會很累，我也不會後悔。」

她話音剛落，宋奶奶一敲桌面，擰著眉就要開始發難：「什麼妳自己決定，妳這個年紀能懂得什麼……」

「我覺得很好呀。」

一直保持沉默的宋媽突然微笑出聲。一面伸出手覆住宋爸的手輕捏安撫，她望著宋于絜彎彎嘴角，另一隻手撐在桌面上捧住臉，「小絜，妳自己想清楚就好，畢竟以後，爸爸媽媽都不能負責妳的人生。而且……」

她突然轉過頭看向另一邊，像是高興地眨了眨眼睛：「丞渟，妳不覺得犯罪心理好帥嗎？」

像是一瞬間 get 到想法一樣，本來還在旁邊緊張地來回看看幾個人，一邊暗自思考自己該什麼時候開口的宋丞渟立刻忙往旁邊一扒拉、張手就抱住了宋奶奶的手臂——「對呀！我覺得犯罪心理超帥的，很像福爾摩斯欸？媽，小可愛也長大啦，女孩子家也是可以超級帥氣的嘛，而且當警察還可以保護自己——」

四十多歲的女人因為心態和臉都保養年輕，撒嬌起來倒也完全不違和，她撒鬧地直接把本來準備還要發難的宋奶奶注意力都轉移走。宋于絜沒想到談判過程比她想像中順利，更沒想到媽媽會輕易答應，有點呆滯地眨了眨眼，然後看爸爸在嘆口氣後扶了扶眼鏡，終於軟下神情和她鬆了口：

「好吧，但是只能要警大，第二志願要填別的。」

宋于絜立刻精神抖擻，立正站好大聲回應：「知道了，爸！」

♡　♡　♡

「不是——欸，宋于絜，是妳要考警大，到底為什麼我要一起受難啊？」

——於是在之後每個週末上午，終於輪到了宋于絜把何承熙拖出門到圖書館乖乖讀書。

何承熙每個假日前都照慣例打遊戲熬夜到半夜三更，本來是為了摸魚放鬆，結果完全沒想到，從宋于絜回來後，每個週末早上八點就被強行打電話挖起來讀書——而且到了圖書館也被她禁止打瞌睡，綠油精在鼻前準備完全，熬夜打遊戲、隔天又無法補眠的生活令何承熙苦不堪言，到最後他只能放棄熬夜，認命地陪宋于絜去圖書館。一開始他還會差點起床氣發作，接著就被對方一句挑釁台詞給驚醒：

「不是想追我？想就給我來，何承熙，你敢對我發起床氣你就死定了。」

「……」

誰還敢生氣，就算有一肚子火那都得吞回去。

但他本來以為只是對方心血來潮想要考驗自己有多少決心，結果沒想到之後每個週末都會被對方挖起來，哪怕疫情也風雨無阻——甚至到了暑假也不放過他，堪稱惡魔。

台灣的疫情並不嚴重，查清幾個病例源頭後基本都沒有往外散播，等情況穩定，又正到了氣候炎熱的時候，除了不能太多人聚眾集會、出入在外都得戴口罩外，他們上課沒怎麼受到影響，過一週還得出席暑期輔導。

畢竟是準高三生，學校哪可能放過他們——該說幸好年底的畢業旅行還沒被取消，雖然麻煩了點，但今年的劇情已經足夠魔幻，要是連出去玩的活動都沒了，那他們也太慘了。

但言歸正傳，正因為這樣，他才希望難得的一週假期能好好玩樂睡覺啊！

「廢話少說。」看對方一臉頹喪睏倦又不情願的樣子，宋于絜站在圖書館門口，沒好氣地瞪他一眼。但看對方明顯一臉沒睡醒，造型都亂七八糟，她嘆口氣，還是伸手去幫他把睡成鳥窩亂翹的頭髮稍微整理整齊，左撥撥右撥撥，一邊整理，一邊還是忍不住叨念：

「何承熙，你有沒有想過，我們再過兩個月就升上高三了啊？」

「噢。」他乖乖低下頭讓她整理自己頭髮，知道雖然他們身高差不多，還是微微彎下腰瞅她，眨巴眨巴眼睛賣乖，「我知道啊，我們高三以後就不能玩社團了欸，月底的表演應該就是最後一次了。欸宋于絜，你們熱舞社沒有打算參加一些成果表演啊？」

盯著她的眼神裡看起來相當乖巧，他的大眼睛從上往下看她的目光專注，這樣的近距離在夏天裡讓她覺得更炙熱了——宋于絜愣了一秒，差點被他吸引到忘了自己要說什麼，連忙後退兩步，順便在心裡暗罵了一聲真是妖孽。

「……我不是說這個。」皺皺眉頭，她再嘆氣，盤起手來抬眼瞅他，「我是說，九月我們升上高三，一月底要考學測——等到明年的這個時候，我們都在等著上大學了。何承熙，這些你都沒考慮過嗎？」

被對方這麼一頓念得有點懵，何承熙撓撓頭，有點委屈。「我也不是沒考慮，就是沒想好……老師在上學期結業前也問過我嘛，但我真的不知道以後想做什麼欸。」

一邊垂著腦袋摸後脖子思考，他本來就不怎麼常動用的腦袋一下子也轉不過來，一邊說一邊想，腦子一轉，重要資訊閃過腦海，才讓他突然恍然大悟地拍了一下手大叫：「啊！宋于絜，那之後妳要去警大，是不是就要去桃園了啊？」

看他本來還又懵又睏的，現在才突然醒過來一樣，雙眼瞪大，警鈴大作似地緊緊盯住自己……太笨了吧，雖然不是這個方向，但他能想到這倒也不容易。宋于絜被他的誇張舉動弄得有些忍俊不禁，但還是忍著笑地攤攤手，「差不多吧。就算沒上警大，第二、第三志願也都在台北。」

「那不行。」何承熙立刻用力搖搖頭，盤算起來似地開始碎念。「不行不行，我們不能遠距離，警校那麼多男的，而且現在妳都還沒答應我，萬一上大學後有更多陸子昱怎麼辦？那我也得在桃園，我理科還行，那少說得中原或中央吧……」

「更多陸子昱是什麼啊？」

被他的形容詞逗笑，宋于絜還是沒憋住，失笑地按了按太陽穴打斷他繼續作夢。但看對方表情格外認真，她突然有點成就感，覺得自己比起女朋友好像更像他媽，但好歹因為自己讓他覺醒了一點，知道要規劃未來也不錯……

「那目標就訂中央吧——校排前一百的何大社長，沒點夢想怎麼談未來啊？」

「未來？」平常腦子遲鈍的何承熙在這種時候立刻捕捉到關鍵字，眼睛放光地睜大，往前朝她一湊，「宋于絜，妳的意思是——」

「意、意思是，我要是考上警大，你好歹也得考個差不多的吧。」被他湊近動作又弄得耳熱，她別過臉裝出冷淡表情，盤手往後再悄悄後退了一步，義正嚴詞地清清嗓子、整理被撩亂的心緒，閃避幾秒鐘後，才敢再把臉再轉正回去，「敢不敢啊，何大社長？」

故作冷靜地和他正眼相對，宋于絜本來就喜歡他，現在光要裝作不喜歡就已經覺得困難，還要和對方這麼近距離面對面就更難憋住心動……基因真好。好看的眉眼就近在眼前，他背著光，陽光從他頭頂灑下來，少年意氣風發。

她抬著腦袋，貌似很冷酷地瞪著眼挑釁，其實覺得心臟怦怦跳——尤其他專注又期待的眼神，好像就在發光。

太犯規了吧，她情不自禁在心裡碎念。

何承熙看破不說破，眉梢輕挑，乾乾脆脆地點頭收下戰帖。「好啊，我哪有什麼不敢啊？拜託，我們倆 battle，我也不是每次都輸好不好！」挺胸抬抬下巴，他表情很自信——當然要自信，何況是在這種事情上，怎麼能輸啊！輸了可就沒有女朋友了！

其實他先前還不敢確定，戰戰兢兢，怕她是不是不喜歡自己，也稍微地有些擔心過，她會不會覺得負擔？畢竟在他意識到自己喜歡宋于絜前，他們兩個已經相處太久……他們關係本來就比一般朋友更親密，他沒什麼戀愛細胞，根本分不清對方到底僅僅是把自己當作朋友、家人，還是也挺有好感？

但從她回來後，幾次他故意接近，看她反應其實並不排斥，偶爾還會耳朵紅……他想，宋于絜自己一定不知道，她皮膚白、臉皮薄，他從以前就知道，她臉紅的時候特別明顯，每次一有過敏或是曝曬，她臉就算只是些微發紅，也一眼就能看出來——但現在他擋著陽光，陽光根本曬不到她。他知道，她一定也喜歡自己。

這是他屬於青梅竹馬的小祕密。

但是他爸說嘛，女孩子都是比較矜持的！爸爸說，他追媽媽也追了一年才追到，要有耐心……好吧，要有耐心。雖然他是個急性子，但也是真的喜歡她，為了喜歡的女孩子耐心一點，沒什麼不可以的。

他信誓旦旦接下戰帖後，一邊在心裡打小算盤，笑得越來越得意，眨眨眼睛又往前湊，「那宋于絜，是不是我考上中大，妳就跟我在一起？」

宋于絜被他太近的距離和太直白的直球打得心緒紊亂，他每次一接近就感覺好像要……發生什麼似的，只能瞪著眼睛再往後退，背脊幾乎抵上圖書館的門，「何承熙，你不要得寸進……」

「喂喂，門口那兩位，麻煩戴上口罩！」

巡警的警告聲把兩個人都驚得一跳，話被打斷，氣氛也都被打亂。宋于絜還沒反應過來，何承熙立刻站直了身體，從口袋裡摸出口罩，一邊戴上，一邊嘻皮笑臉地逕自敲定，「那就這麼說定了，宋于絜！」

他說完就準備先對方一步推門進圖書館，想了想，又故意回頭朝她一瞥眨眨眼，用只有她能聽見的音量掐著氣聲說話：「宋于絜，妳放心，在宋爸認同我、在妳接受我之前，我絕對不會親妳的。」

話說完，人就已經一溜煙往門內跑，把依舊羞紅著臉的女孩子留在門口發愣。宋于絜被他說得整個人一愣，而沒有了何承熙的遮擋後，夏天的陽光熨燙著她的頰畔，伴隨著宋于絜因為羞赧而燒得火辣的臉蛋，她紅著一張臉，氣急敗壞地轉過頭想大喊，卻被剛關上的玻璃門給堵回去——圖書館裡都是人，她還要面子，於是聲音及時止在喉頭，只好捏著拳頭氣急敗壞地低吼：

「親你個大頭鬼……臭變態！」

♡ ♡ ♡

「……學姐，妳不用煩惱備審資料的嗎？」

三月分的午後，春天的風還涼，冬天剛走，疫情狀況穩定的台灣還在安穩慵懶的氛圍裡，剛考完學測的高三生則在開學後就面臨了第一階段成績出爐的志願篩選結果，要開始著手準備備審資料以及入校面試。

但——好像有人不太一樣。

陸子昱在升上高二後便接手熱舞社副社長一職，他提前在課堂前整理好社團教室。社團將在五月時——也就是高三生畢業前——舉辦成果發表會，熱舞社也要開始著手選拔和練習，他吃完飯後就匆匆過來，卻發現點了午餐外送的蘇蔓欣不知道什麼時候已經坐在了教室裡頭，她面對著剛吃一半的午餐，漫不經心地咬著湯匙，朝剛從窗外經過的他眨眨眼睛笑。

他拿著一疊資料和掃把，愣了愣，有點無奈地看了對方一眼，進門又聽她笑吟吟地開口：「我不用煩惱呀，我家裡早就安排好讓我去讀什麼學校，所以我也早早就準備好資料囉。」

誇張地用力眨巴眨巴眼睛，一發現對方沒往自己這裡看，蘇蔓欣立刻一挪椅子到對方眼前，湯匙還咬著，她繼續撒嬌地捧住雙臉裝可愛，但說話就有點含糊不清起來，「唔唔，小可愛學弟，你關心我呀？」

「……是有點關心學姐會不會太摸魚了，導致到最後沒有學校填吧。」把一些吐槽的話從嘴邊收回去，陸子昱被對方浮誇過頭的表情逗得抽了抽眼角，有點想笑，又有點無奈地停下手上的動作低頭看她，「是我想太多了。不過學姐，妳沒有自己想讀的學校和科系嗎？」

「嗯……暫時沒有吧？所以先給家裡安排好也沒差啦。」無所謂地聳了聳肩，蘇蔓欣拍拍裙子站起來，拿下湯匙放到一邊，蹦到對方面前，「五月的成果發表是不是要開始選人啦？小可愛、偉大的副社長陸子昱，你看我能不能試一下？雖然我之前跳得不好嘛，但我回去都有勤奮練習噢，我現在可以跳超——級元氣可愛的舞啦！」

把披散的長髮隨便上抓成雙馬尾，她又眨眨眼睛賣萌，接著放下手，就著自己改短了的制服短裙開始就地表演：「你來看你來看，這個怎麼樣？cheer up baby、cheer up baby——」

陸子昱愣在原地，看竟然對方張口即來地開唱。她本來就長得可愛，跳起元氣風格的韓團舞蹈也很適合，雖然距離原唱版本還相距甚遠，唱起來也不穩，但他也確實沒想到，剛進社團時，動作協調性比最初的自己還差的蘇蔓欣真的進步挺大，雖然核心力量不夠，但框架和表情感染力都已經挺不錯。

不過……「但是學姐現在已經不算熱舞社的了吧？」他無奈開口。而且選歌不是他說了算嗎？

蘇蔓欣不依不撓，「哎呀，又沒關係，我都確定了嘛，我們班導會放人的啦，你就讓我參與一下嘛，陸大副社長。」

「好吧。現在社裡也只有一個隊確定選歌，過幾天社團課，學姐可以過來跟大家一起討論一下。」聳聳肩，他瞥了一眼對方放在桌上還沒吃完的午餐，精緻的日式定食看起來就價位偏高，讓他忍不住先在心裡感慨了一下，再抬手看了看時間，「學姐，再五分鐘就打鐘了，妳飯還沒吃完，再不回去會來不及。」

蘇蔓欣一聽，嘴巴立刻一癟，表情就跟著委屈地垮下來。「噢——居然趕我走，好傷心噢。你也會這樣趕你的小絜學姐走呀？」

陸子昱立刻愣了，一下子就有點慌，「不是、我沒有……」

自從確定何承熙真的喜歡宋于絜後，他就真的已經慢慢放下。何況對方高三以後就沒有空再來社團，為了考上目標學校，他甚至假日到圖書館都能看見他們倆在讀書……他早就對宋于絜沒有那種非分之想，只是還把對方當作崇拜和欣賞的學姐而已，萬一這種話傳出去，給她造成了什麼影響……

「知道啦——開玩笑而已，小學弟，不要這麼緊張啦。」被他反應逗笑，想想甚至還覺得蠻有成就感，蘇蔓欣委屈的表情立刻消失不見，「知道你是關心我嘛，我心領啦。」

「學姐，這種玩笑不要再亂開了。」陸子昱被她嚇得只能苦笑，「萬一傳出去給學姐和學長造成麻煩就不好了。」

「知道了知道了——幹嘛呀，你很菩薩欸，陸子昱。」歪歪頭，感覺無奈又好笑地瞅了他一眼，蘇蔓欣攤攤手，本來轉身就要去收拾午餐殘骸，靈機一動，又嘻皮笑臉地轉回來，背著手朝他湊過去，「那……這樣吧，你給我一個東西，我就絕對——絕對保證自己以後不再亂開你這個玩笑，怎麼樣？」

「什麼東西？」他愣地困惑回應。

她伸出手朝他制服上鈕扣直指，「我要這個！」

他則更困惑地低頭看了看她指的自己胸前位置，眉頭都蹙起來。「……哪個？」

「鈕扣呀，你制服的第二顆鈕扣。」她理直氣壯地乾脆伸出手輕抓，撒嬌地又嘟嘟嘴，「快點快點，再晚你就害我遲到了噢。」

陸子昱不明所以，因為被她提醒時間而突然有些慌亂，本來想直接扯下扣子又不好意思，一下子顯得手足無措。「……學姐，妳要這個幹什麼啊？雖然也不是不能……但是妳現在要的話，我裡面沒穿別的衣服，會有點暴露欸……」

「算了，好笨噢，不欺負你了。」看他無措又慌張的樣子，蘇蔓欣一下子好笑噗哧笑出聲，撒嬌的表情和聲音全收了回去。她乾脆沒管對方呆愣的樣子就回身去收食午餐，裝作要出門就走，腳步卡在門檻頓了頓，然後回過頭來勾勾嘴角：「你不知道呀？我最近看日本的習俗說——第二顆鈕扣，是最靠近心臟的位置哦。」

「啊？」陸子昱愣地眨眨眼，這才終於慢慢回過反應過來，一邊重述叨念，「靠近心臟……」

「就是說——」

蘇蔓欣退回去他面前，找準角度，微微偏頭朝他抬抬眼睛，食指就往他心口輕輕一戳，「要是在畢業典禮的時候給我，你就要把心一起給我啦。」

她嘴角的弧度很淺，笑得又甜又篤定，突然拉近距離又突然離開，把在原地莫名被人撩了一把的男孩子搞得整張臉瞬間竄紅。

等想到應該追問兩句時，他瞪著眼睛要開口，才回神發現對方已經蹦蹦跳跳地走遠，為時已晚。

陸子昱後知後覺地想，自己竟然有一點點心跳失控。

Chapter END‧全世界我最討厭你！

「宋于絜——妳好慢，快點下來！」

八月炎夏，風城的陽光熱得曬人，蟬鳴聲吵得幾乎讓人睡眠都難以安穩。

宋于絜還在二樓房間整理書包，被難得一大早就醒來的何承熙在樓下催趕，讓人好氣又好笑。幸好她也醒得早，不然怕早就要被他氣死……只好加快了收拾的速度，她一邊失笑嘆氣，跑下樓時手裡還匆匆忙忙地抓著口罩往臉上戴。

「來了。不就是回學校拿畢業證書——欸，今天到底是誰放榜啊？」

戴上口罩前的表情笑得很無奈，她聳聳肩，起步和對方一起邁出家門。

五月初，疫情在台灣大爆發，他們所有人的行程安排通通都被打亂。因為怕群聚感染，實體課程全被暫停改成了線上，包括原本一些學校的考試……警大的體能複試也被推後，本來就是獨招，她個人申請的法律系都已經面試上，這下要為了第一志願全部放棄，又跟家裡做了不小的抗爭。

於是為了讓家裡放心，她在放棄錄取資格後，只好又得重新跟家裡爭取。最後在自己的請求與何承熙的幫忙下，終於和宋爸爭取到了再去報考指考，讓家裡放心。

她的學測成績幾乎排在榜首，指考對她來說根本手到擒來，只是因為放榜日期跟著疫情一延再延，早早完成諾言錄取了中大的何承熙就跟著委屈又焦急。

「宋于絜，我都考上了，妳什麼時候答應我啊？」

畢業前因為網課而待在家，何承熙就乾脆每天到她家裡報到，順便以陪她一起體能訓練和複習為理由刷刷存在感。他趴在她桌前，表情委屈巴巴，像被欺負的小狗。

她抬起頭，本來正想抱怨因為他來，她被媽媽喊出來，說自己應該要特地在外面要陪他，而害得她不能好好窩在房間裡——這一抬起眼皮，就又看見另一邊正準備考會考、也來她家裡蹭個讀書名頭的何承萱也探出腦袋，大眼睛朝她扮可愛地眨眨：「對呀，姐姐，妳什麼時候答應當我大嫂嘛。」

好傢伙，還拖家帶口地來助攻。

她最受不了這種攻勢，兩雙大眼睛齊齊看著自己，像兩隻小狗在面前一樣……基因真好，怎麼眼睛都這麼大，長得都這麼可愛？

怕一下子心軟就答應了，宋于絜心裡抗爭成功，趕緊低下頭裝沒看見，繼續複習指考內容。

「我都還沒放榜，你們倆想得美呢，啊。」沉了沉氣，她調整好心態，再抬起頭，朝兩個人皮肉不笑地彎彎嘴角，瞇起眼睛，「再打擾我，我就把你們兩個一起轟出去。」

於是兩個人才都乖乖安靜下來。

畢業典禮因為疫情蔓延也都一起被取消，雖然有點可惜，因為作為學校榜首的宋于絜本來應該要被選上優秀學生代表致詞，也只好都跟著一併失去下文。學校讓他們有空時分散梯隊到學校去領畢業證書和畢業獎，以避免群聚……但宋于絜太忙，一邊忙著鍛鍊體能、保持體測狀態，一邊還要準備指考複習，就一路拖到了警大放榜前。

何承熙就跟著拖時間，非要一起跟著她等。

「宋于絜，我答應妳的已經做到了，等妳放榜，妳一定要把答案給我！」

男孩子信誓旦旦，像每天都要發誓一遍，本來衝動又直男的性格被馴得溫馴不少，學會耐心等待，也學會要「進可攻，退可守」。

……吊著人家真的不太好意思，但這其實也並非她本意。

她就是……時間久了，又有點害羞，沒什麼勇氣，再加上忙，就乾脆往後繼續拖。

於是等回到學校，她先去學務處領證書，性子急的何承熙就先衝到了電腦教室借電腦，美其名曰幫她查榜——她哪裡不知道他的小心思。其實本來在家查榜也行，但是她偏要有儀式感一點，覺得在學校裡查更有感覺，順便去拿他們的證書，就當慶祝正式畢業。

她領完證書，順便幫何承熙一起拿了，站在學務處門口，到處看了看冷冷清清的校園，有點遺憾地抬頭看看天空，鼓鼓嘴巴，呼了口氣。

雖然有點可惜，但是——她還是默默和自己說，畢業快樂。

新生活的里程碑已經立下，她也已經準備好要面對，也給自己和他一個答案。

他應該已經查好榜了吧？她深呼吸幾口，才準備要挪步上樓，還沒踏上去，男孩子已經很激動地從樓上衝下來，口罩都沒戴好，掛了半邊就跳下台階直接抓住她的手：

「宋于絜！我查到了，妳考上了！」

就差沒直接抱住她，何承熙睜著大眼睛又蹦又跳，比放榜的本人還激動。

他抓著她的手，溫度從指尖傳遞，聲音響亮地在空蕩的樓梯間迴響。宋于絜被他逗笑，搖搖頭，掙脫都已經懶了：「喂，現在到底是我放榜，還是你放榜，你怎麼比我還高興啊？」

其實她心裡有底，一直沒有太擔心，但她想起來，他放榜的時候，好像也差不多是這樣。那時候何承熙就高高興興地就抓著她，說他已經考上了，誓言已經履行，問她能不能答應他了？

「那是你的目標達成了，我的又還沒有。」避開他目光，宋于絜撇撇嘴，像毫不在意，把心猿意馬全藏進飄忽不定的小表情裡。

何承熙那就立刻蹬鼻子上臉：「宋于絜，其實妳也喜歡我對吧？」向前湊她離得很近，急性子的他早就耐不住，眼睛眨巴眨巴地要討個回答，「所以妳臉才這麼紅——對不對？」

「誰，誰喜歡你啊？」她被他看得受不了，臉頰一下子竄紅，聲音放得更大，在空曠的校園裡受不了地大喊：

「我告訴你，何承熙，我最討厭你！」

他們一起長大，一路相伴走來十八年，她好像說過好幾次類似這樣的話。幼稚鬼、笨蛋、最討厭……可是她在他面前其實才是最放鬆的樣子，不管發生什麼事，好像總有他會陪在她身邊。就算是因為不可抗的理由而變得冷冷清清、被隔離封閉的學校，也有他陪著自己一起畢業……

「所以這次……答案是什麼？」

男孩子終於稍稍冷靜下來，抓著她的手在樓梯口站定，眼睛裡滿是期待，問候的時候還要使壞地彎腰朝她湊得好近。

抬起頭看他，她心想笨蛋偶爾也不完全是個笨蛋，雖然好像還是沒有長大太多，但是……他們已經有十八年，還可以有往後好多個十八年。

她咧開嘴一笑，伸出食指抵住他鼻尖輕推，笑吟吟地微微偏頭。

「答案是——全宇宙、全世界，我最討厭你！」

女孩子最喜歡說反話，她早就把答案藏在好幾次的拒絕裡，最後在出門前把反義詞的答案先放進他的手機殼後：

「正確答案是：有多討厭你，就有多喜歡你。」

後記・討厭到喜歡，坦承與爭取

沒有想到這是自從二〇一六年底寫完《唯一無二》封筆以後，重新動筆，寫完的第一篇文XD本來預計應該是隔壁的《花季來臨前》，算是因為華文大賞，讓我重新挑戰自己日更的能力啦！從二〇一二年動筆寫《我喜歡妳。》被大家看見，到二〇二一年寫子輩系列《我討厭你。》，中間間隔了十年，也算是讓大家看看長大有孩子以後的婕妤和育清啦！

在粉專曾經說過，這將近四年間一直沒有動筆原創，有很多我自己心裡障礙的理由。到今天寫完《討厭》，也算是終於在重啟的路途上先下了一個小小的里程碑——其實真的一直很感謝當初開始寫作的自己，也很感謝看見我的你們。從討厭到喜歡，也希望自己有一些些的進步吧！

言歸正傳——這次華文大賞匆促決定寫《討厭》，其實有一點點遺憾，因為純粹純愛的題材本來不是我想參賽的類型，但是因為工作忙碌原因，加上還要兼顧隔壁比較青春疼痛的連載（？），所以也決定寫一個輕鬆可愛一點的小情侶放放鬆。

于絜算是我比較沒有寫過的女主角類型，有點悶騷（？），很女強人、很有想法，但其實也會有自己脆弱的時候。于絜的父母很愛她，但對她的要求很高，愛和要求也連帶讓于絜以完美主義自我要求，對外不能放鬆，好像只有和她完全相反又脫節的「隔壁家的孩子」何承熙能讓她嚮往又傾慕，又忍不住覺得輕鬆。

承熙嘛，沒有遺傳到爸爸的高情商，有點笨、有點直男，但是在愛裡長大的孩子還是會很擅長去關心，承熙的溫暖我覺得是一種與生俱來的愛，但因為太習慣愛，也要學會去分清不同的愛是什麼。

小小聊聊，在輕鬆的小情侶題材裡還是想帶一點關於未來和選擇的小議題——其實像于絜這樣很清楚自己目標的人在高中裡好像並不多，好多人都會和承熙一樣，比較渾渾噩噩。

但是！！同學們，大學真的很重要！！

雖然很大部分人出社會後不太會選擇大學時學習的東西，但是其實如果在選擇大學時選了不喜歡的科系，真的會學的很辛苦QQ！阿初已經親身體驗過，請大家一定要慎重思考XDDD。

至於有自己喜歡的東西、但是被家裡的期望束縛而選擇妥協的資優生們，在我以前高中時代其實也占多數。其實我一直覺得好可惜，雖然大部分的爸爸媽媽可能沒有宋承鈞和王舒晢一樣好說話，但是……喜歡的東西就勇敢爭取吧！因為未來的人生是自己的，要繞好大圈的話真的會非常辛苦，一定不要在未來回頭的時候才後悔，至少，試試看勇敢一次吧！

最後最後！也聊聊蔓欣，承萱，還有子昱。

其實這三個人都有原型哦，是我很喜歡的三個小偶像，跟這幾年的選秀有關，不知道有沒有人能猜出來XD。

蔓欣也是我比較沒寫過的類型，是個有小心機的小公主。一開始她對承熙蠻有興趣，後來選擇當小助攻，反差釣系我超喜歡的（？），子昱一開始的想法則是想弄個男二，讓遲鈍笨蛋何承熙緊張一下，被兩個犬系包圍的貓系于絜XD其實本來想寫于絜中途因為想放棄而有點想選擇子昱，但寫到點時又覺得于絜其實是很執著又專情的人，就把這一PART變成子昱助攻了。

其實寫到一半有點跑題，我本來是想把承萱配給子昱的，結果發現妹妹才國三，太難扯上去了XDD又覺得本來的敵視關係到解開誤會有小火花的蔓欣和子昱好像會很有趣——就變成這樣了！只好等以後有機會再寫寫蔓欣、子昱，還有承萱了（如果還有人想看的話）（？）

不過《討厭》和《花季》可能會是我短期內最後寫的校園題材，之後想嘗試寫一點關於職場和都會的類型——

最後的真的最後，希望你們喜歡這個故事！

自初二〇二一年八月二十四日，於上海浦東

要青春111　PG2762

要有光 FIAT LUX

我討厭你。

作　　者　自　初
責任編輯　劉芮瑜、紀冠宇
圖文排版　許絜瑀
封面設計　吳咏潔、王嵩賀

出版策劃　要有光
發 行 人　宋政坤
法律顧問　毛國樑　律師
印製發行　秀威資訊科技股份有限公司
114台北市內湖區瑞光路76巷65號1樓
電話：+886-2-2796-3638　傳真：+886-2-2796-1377
http://www.showwe.com.tw
劃撥帳號　19563868　戶名：秀威資訊科技股份有限公司
讀者服務信箱：service@showwe.com.tw
展售門市　國家書店（松江門市）
104台北市中山區松江路209號1樓
電話：+886-2-2518-0207　傳真：+886-2-2518-0778
網路訂購　秀威網路書店：https://store.showwe.tw
國家網路書店：https://www.govbooks.com.tw
總 經 銷　聯合發行股份有限公司
231新北市新店區寶橋路235巷6弄6號4F
電話：+886-2-2917-8022　傳真：+886-2-2915-6275

出版日期　2023年12月　BOD一版
定　　價　280元

讀者回函卡

Printed in Taiwan

國家圖書館出版品預行編目

我討厭你。 / 自初著. -- 一版. -- 臺北市 :
要有光, 2023.12
面； 公分. -- (要青春 ; 111)
BOD版
ISBN 978-626-7358-13-9(平裝)

863.57 112019686